夜晚的潛水艇

陳春成

隱秀與潛藏
——陳春成《夜晚的潛水艇》

王德威

這是一個橫征暴斂的時代。神祕病毒入侵，生態鉅變，全球人心惶惶。古老的政治神學陰魂不散，國家祭出各色法寶要求交心放心，有如情感勒索。與此同時，股市翻騰，大數據算計一切，虛擬世界散播更多的慾望和恐懼——有如超級病毒。但又有什麼比語言的透支和濫用更凸顯一個時代的虛無？黨的國，民主的民粹，革命的維穩，獨立的芒果，BNT的復必泰……。

能有一個地方，可以逃離這一切嗎？如果《夜晚的潛水艇》觸動了我們，這也許是關鍵所在吧。這部短篇小說集大疫期間於對岸出版，迅速引起共鳴，成為一種現象。作者陳春成來自泉州，剛滿三十歲，土木工程專業，以往多在網路發表作品。現在駕著他的「潛水艇」浮上水面了。

這本小說集究竟寫了些什麼？公元四八七六年秋天的一場《紅樓夢》餘孽大搜捕，隱隱回應著明萬曆十四年春夜，神宗皇帝憂鬱的啟悟（〈《紅樓夢》彌撒〉）；一九六六年波赫士在烏拉圭外南大西洋投下一枚錢幣，啟動了一九九八年一個中國少年的夢中潛航（〈夜晚的潛水艇〉）。文化大革命熱火朝天的時分，福建山裡一個和尚琢磨著如何藏匿一塊明代流下來的石碑（〈竹峰寺〉）。一九五七年深夜的列寧格勒傳來薩克斯風聲音，是誰有這樣膽子吹奏著違禁樂器（〈音樂家〉）？其他的故事寫鑄劍、釀酒、裁雲、傳彩筆，古意盎然，卻彷彿另有寄託。

陳春成的文字清晰典雅，在年輕世代作家中並不多見。他的故事也許天馬行空，但字裡行間在在顯示鍛鍊的痕跡。世界文學和傳統典故巧妙糅合，形成論者所謂「舊山河和新宇宙」的奇特接軌。而他工整的筆觸其實處理著一個又一個危機：從集權暴政到精神耗弱，從歷史崩毀到記憶錯亂，淒迷的夜，詭異的夢，救贖懸而未決……。這讓身陷非常時期的我們不禁心有戚戚焉了。

然而，陳春成從微物與唯物中尋求出路。一張照片，一枚錢幣，一把鑰匙，一個音符，一隻筆，一罈酒都可能是電光石火的契機，突破此刻此身的限制，朝向另一星空或深海開放。

「藏」的美學

《夜晚的潛水艇》書名已經點出作者創作的意象與執念。深藏海溝的潛水艇，隱身群眾的天才樂師，如夢如訴的童年記憶，難以捉摸的工藝絕技。陳春成寫「藏」作為一種生存方法，甚至由此發展出一套思維方式，「藏東西，是我慣用的一種療法」（〈竹峰寺〉）。他的關鍵詞包括彌散，消逝，縹緲，恍惚，漫漶，飄忽，飄逝，迷糊。因為藏，就有了隱與顯的分別，透視與盲點的辯證，有了真相——心靈創傷，歷史陰謀，生命迷魅——的壓抑與迴返的動機。陳春成小說有懸疑甚至偵探小說的元素，不是偶然。

以廣受好評的〈竹峰寺〉和〈音樂家〉為例。〈竹峰寺〉對比文化大革命的大破壞和後社會主義大建設，卻隱喻了不論時代變化，那種被剝奪而無能為力的感覺如出一轍。山中古剎碑銘下落不明，都市拆遷片瓦不留，一切看似堅實的東西煙消雲散。敘事者竭力想為自己留下點什麼，最終決定保留舊家鑰匙，這當然充滿象徵意義。但在一個無所遁逃的天地裡，如何將鑰匙藏得安穩成了艱難挑戰。〈音樂家〉裡，後史達林時代的監控系統仍然無孔不入，生活任何點滴都難逃法網。一個耳聽目明的音樂審查師一生奉獻黨國，從千萬樂譜中看出反黨陰謀，從百變音符中聽出叛變詭計。但他不也是自己最好的檢查者？他要尋找知音，而這知音竟是……。

陳春成營造時代氛圍絲絲入扣，儼然現實主義手筆，但每每筆鋒一轉，又進入不可思議的世界。因此產生的既陌生又熟悉的感覺（uncanny）令人不安：原來現實底下暗流處處，總有不為外人所知的祕辛。而我對自己又知道多少？

藏匿，閃躲，逃避。陳春成的書寫不無對現實的批判，甚至隱隱觸動敏感政治神經。天天向上的讀者要不以為然了。他故事裡的主人翁不是孤僻成性就是自我耽溺，他們過於纖細敏銳以致胡思亂想，他們都太廢而不能讓黨國放心。白花花的陽光普照大地，誰會躲在那些陰暗的角落？從實證邏輯來說，如果沒有不可告人之事，又有什麼隱藏的必要？大公無私的時代裡，人民的眼睛是雪亮的，「藏」是一種原罪。

但這樣的詮釋僅僅觸及《夜晚的潛水艇》表面。陳春成想像的「藏」不只是閃躲藏匿，更指向收藏積累，或蓄勢待發，甚至一種知其不可為而「不」為的動能。他筆下的釀酒師（〈釀酒師〉）、鑄劍師（〈尺波〉）都是深藏不露的隱者，他們技藝高超，卻早無涉世炫藝的心思，因此他們的作為或無所作為成為極度隨機性的選擇。也正因如此，一般容易低估他們潛藏的創造力。《易經．繫辭下》：「君子藏器於身，待時而動。」這裡的藏指涉一種懷抱，一種厚積薄發的潛能，如何成就，必須應和天時地利的判斷，當然多半時候事與願違。《論語》所謂「用之則行，舍之則藏」則是儒家更為入世的說法。相對於此，佛教「裝藏」——佛像開光前由底部貯存經卷、珠寶、五穀以為祈福的儀式——則以不同形式聚集福慧資源，以俟將來。藏，大智慧也。

更進一步，《夜晚的潛水艇》試探另一層次的「藏」學：「不藏之藏」。儘管〈竹峰寺〉或〈音樂家〉不乏政治隱喻，但作者致力描寫的皆趨近一種認識論的重新洗牌。〈竹峰寺〉敘事者為了古碑下落或藏匿鑰匙花費不少心思，但故事峰迴路轉，他偶然明白顯與隱原來是一體兩面，放下我執，反而看見原本視而不見的事物真相。識者或可聯想愛倫坡（Edgar Allen Poe, 1809-1849）的偵探小說《失竊的信》（*The Purloined Letter*），心理學家拉崗（Jacque Lacan）甚至據之以為心理分析範例。但在陳春成作品的語境裡，我們毋寧以《莊子．大宗師》所言來對應：

> 夫藏舟於壑，藏山於澤，謂之固矣。然而夜半有力者負之而走，昧者不知也。藏小大有宜，猶有所遯。若夫藏天下於天下，而不得所遯，是恆物之大情也。

「不藏之藏」仍然念念「恆物之大情」，陳春成卻似乎有意越過這一關，想像萬物在無情狀態中的隱遁、消弭或擴散。〈夜晚的潛水艇〉開篇講述波赫士投擲大洋中的硬幣，一去無蹤。波赫士以詩為記，「在這星球的歷史中添加了兩條平行的、連續的系列：他的命運及硬幣的命運。此後他在陸地上每一瞬間的喜怒哀懼，都將對應著硬幣在海底每一瞬間的無知無覺。」星沉海底，雨過河源，天地無親。碰撞與錯過，顯露與消失原只是偶然。

但那一切偶然的機率或許藏在時空的另一層皺褶中？這又為陳春成的新宇宙添加了意義。在另一篇故事〈李茵的夢〉中，他寫道，

> 萬事萬物間也許有隱祕的牽連。當漢武帝在上林苑中馳騁射獵時，他並不知道帝國的命運正反映在千里外一團顫動的火焰中。也許每個人無可名狀的命運都和現實中某樣具體的事物相牽連，但你無從得知究竟是何物。

這樣的「物」論所投射虛擬的、多維的存在沒有藏與不藏的問題，彷彿是在一種隱蔽狀態裡等待綻放的機緣。對陳春成而言，這一機緣來自文學想像力的召喚。

「傳」的辯證法

「藏」又牽涉到陳春成小說美學的另一面向，「傳」的方法。藏的意義來自遮蔽和顯露所形成的孔隙。而傳則顯示藏的目的性或目的性的彌散。傳是傳送，傳授，也可能是傳導。我們想到司馬遷的「藏諸名山，傳之其人」。那其實是一種悲願。太史公理解生命的局限，不敢奢望一己所思所學見知於當世。「藏」與「傳」之間蘊含對際遇的無奈，對機遇的期待，無不撼動後世讀者。

到了陳春成筆下，「藏」與「傳」失去以往歷史的微言大義。世事無常，你我哪裡能夠參透，小說中的人物如是感歎著，但他們又別有懷抱。日常生命的流逝，曾經滄海的回憶，總有些值得摩挲珍視的碎片吧！有一個聲音貫穿《夜晚的潛水艇》全書，執著的想探尋、獲得、傳遞那隱祕的知識，消逝的時間，還有那無所不在的情感牽引。波赫士投入深海的硬幣，竹峰寺裡失蹤的古碑，列寧格勒版的薩克斯風嗚咽，陳春成老家的鑰匙，「李茵的湖」的一張照片，都像一種訊號，一道密碼，在冥冥之中傳送，期待下一個接收者。

如此，小說集本身已經形成了一個祕密網絡，訴說大歷史以外的本事。我們很可以將陳春成所思考的「傳的美學」附會在班雅明（Walter Benjamin）的廢墟意識以及寓言神學上。但他的作品不必僅限於此。站在所謂的文明廢墟上，他的人物看見星空和深海，土地與市井，應物斯感，祕響旁通，形成一種有情的觀照。

陳春成又想像「傳授」的條件與代價。〈尺波〉裡的鑄劍師窮盡畢生心血打造那一把鬼魅也似的利劍；「神應許了他的祈求，讓他夢到了九千個夜晚中的最後一夜。他預先支取了果，再用餘生的每一夜來積累因。」〈釀酒師〉裡的師傅釀酒有如巫覡祭祀，無比神祕虔誠，以至於釀成的酒竟能讓飲者返老還童，生命歸零。「這壇中原本只是清水。我對著它日夜冥思，設想製酒的種種步驟，放進虛無之曲，投入烏有之米，靜候了不可計量的時辰，直到它真正變成了酒。這是極好的酒，只是人的微軀配不上它，因此享用後丟掉了性命。」

最弔詭的篇章是〈傳彩筆〉。作家一反常說，為「江郎才盡」創造另一種可能。相傳江淹夢中得到仙人所授彩筆，因此文思泉湧，筆下生花。一旦失去彩筆，他頓失靈感，於是江郎才盡。但有沒有可能這則故事被誤傳了？陳想像江淹原本就才華洋溢，傳世之作其實都寫於得筆之前——因此才蒙仙人青睞。得到彩筆之後，他的寫作其實更上一層樓，但如此高妙，曲高和寡，反而無法得到凡夫俗子的欣賞，這才有了才盡之說：「難以忍耐的是寫作之後的狂喜。這狂喜無人可以分享，直到拖垮成一種疲倦。」

談「藏」與「傳」的風險與徒然，我們來到〈《紅樓夢》彌撒〉。這未必是陳春成選集中最好的一篇作品，但卻是他對文學的現身說法。故事發生公元第四十九世紀，其時《紅樓夢》經過歷代不斷刪改、重寫、查抄，早已面目全非。統治者焦大同（令人莞爾的名字！）政權下萬馬齊喑，只剩下同聲一氣的讚歌，《紅樓夢》意義繁複曖昧，因此必須斬草除根。然而「紅學會」餘黨轉入地下，以各種方式背誦、重組、傳送《紅樓夢》斷簡殘篇，無盡無休，形成永遠對抗體系。

陳春成另有所見：《紅樓夢》的消失從剛完成的一刻就開始了。從脂硯齋和畸笏叟的評點到無數接力者的傳抄、改寫、接續、查禁以及暗中流傳，《紅樓夢》已經成為一種訊息無盡繁衍的總稱。「傳」從來不只是傳送白紙黑字，而是有如神經系統、感應結構般傳衍千變萬化的癡嗔哀樂。最極致處，「《紅樓夢》是宇宙的總稱，它沒有中心思想，因為它就是一切的中心；也無法從中提取出意義，因為它本身就是宇宙的意義。」

陳春成在後記寫道：

我想把這篇小說當成向《紅樓夢》的一次獻禮，或一曲頌歌，因此擬了這個標題；動筆之初，出於對巴哈的喜愛，我希望寫出像《B小調彌撒》中某些段落展現出的飄忽、幽暗的夢幻氣質，不知是否做到了。後來知道彌撒（missa）一詞原意是「解散，離開」，和《紅樓夢》的消逝剛巧吻合。

與其說陳春成將《紅樓夢》聖經化，不如說他緊扣「彌撒」解散、離開的含義，將《紅樓夢》虛擬化。謂之「虛擬」，不是假作真時真亦假的虛構，而是如雲端的無限擴散，或三千世界的無中生有。最偉大的作品不知從何而來，如何而去。白茫茫一片，這是「傳」的極致了。

幽黯意識之必要

陳春成雖是文壇新人，其實在網上已經持續寫作和發表有年。儘管他憑《夜晚的潛水艇》一鳴驚人，卻也許未必在意種種讚美或批評。原因無他，他所構思的「藏」與「傳」的美學已經解構所有主流立場。一部傑作（或佳釀、寶劍）就算有其判準，但能夠「傳之其人」的因素何其不可恃？政治的檢查，品味的改變，市場的操作，還有才華的際遇，都是變數。而在一切考量之外，陳春成想像一位作者就是一位釀酒師，一位音樂家、一位鑄劍士，一位深山老衲，一位耽美少年，任憑靈感驅使，展開冒險，盡其在我，不假外求。

更重要的，《夜晚的潛水艇》再一次說明我們這個時代見證幽黯意識之必要。現代中國文學的正統以革命啟蒙為目的，以文學反映人生的現實主義為方法，暴露黑暗、歌頌光明。這樣的論述在左翼傳統尤其受到重視，一九四九年新中國建立，更成為指導創作的準則。八〇年代以來尋根、先鋒運動衝擊這一傳統的合理性，但在國家機器的支持下，奉現實寫實主義為名的論述其實仍然不動如山。

陳春成一輩作家其生也晚，面對主流，他們並不正面攻堅，而是游離內外，以更細緻的方式叩問寫作的終極目的。他們以虛構力量揭露理性不可思議的悖反，理想始料未及的虛妄，以及宇宙本然的隱祕混沌。這一虛構力量所激發的幽黯意識起自個別、異端想像，卻成為探索未來種種，而非一種，可能的契機。

此處所謂的「幽黯意識」得自張灝教授論幽暗意識的啟發。[1] 但張先生以道德坎陷作為論述基點，我則以為「幽黯意識」指向理性知識和道德判斷之外的另類空間。那是文學的空間。用魯迅的話來說，是由「神思」和「懸想」所形成的空間。[2] 幽黯意識打破一般文學實踐目的論、典型論、再現論，更不強求一以貫之時間表。與其說幽黯意識指向虛無或尼采式的否定，更不如說架構「虛」位，以待

---

1 張灝，「幽暗意識與民主傳統」，《張灝自選集》（上海：上海教育出版社，二〇〇二），頁一—二四。有關「幽黯意識」詳細討論見 David Wang, *Why Fiction Matters in Modern China*（Waltham: Brandeis University Press, 2020）, chapter 4。

2 王德威，〈「懸想」與「神思」——魯迅、韓松與未完的文學革命〉，《中國文哲研究集刊》，57(2020): 1 ～ 31。

「有」的顯現。幽黯意識所投射的猶如天體物理學者定義的「暗物質」，湧動無限不可見、不可測的物質能量；[3]或人類學者所定義的「暗物質」，蘊含無限默會致知（tacit knowledge）的潛力。[4]

新世紀以來小說實驗者如黃孝陽的《眾生：迷宮》以「熵」（entropy）作為一種無序化的度量，觀察世界無限耗散的狀態；又如駱以軍的《女兒》移植量子力學概念至小說創作，打造「測不準」的敘述方法。尤其在科幻作家如劉慈欣、韓松筆下，小說不再證成而是動搖了現實主義的終極人本論述。前者的《三體》預言外星人四百年後入侵地球，摧毀人類文明，後者的《醫院》描寫藥與病、生命與死亡、人與非人的循環關係，都讓時間翻轉，空間內爆，敘事成為反敘事。

陳春成的作品沒有這些作家那麼激進，但他另闢蹊徑，同樣發人深省。他以最精緻的筆觸拆解人間的桎梏，以最堅實的信念走入文學的暗夜：「我獨自遠行，不但沒有你，並且再沒有別的影在黑暗裡。只有我被黑暗沉沒，那世界全屬於我自己。」[5]魯迅的話一個世紀後仍應驗在陳春成的作品上：

> 我想像在黃昏和黑夜的邊界，有一條極窄的縫隙，另一個世界的陰風從那裡颳過來。坐了幾個黃昏，我似乎有點明白了。有一種消沉的力量，一種廣大的消沉，在黃昏時來。在那個時刻，事物的意義在飄散。在一點一點黑下來的天空中，什麼都顯得無關緊要。你先是有點慌，然後釋然，然後你就不存在了。（〈竹峰寺〉）

本文以「隱秀」說明陳春成的風格，典出《文心雕龍》。陳春成的作品含蓄蘊藉，而又每每閃爍幽光。在一個文字漫漶、人人競相表態卻又言不及義的時代，這樣的書寫何其難得。知其白，守其黑，在洞穴裡，在古甕中，在匿園裡，在深海

---

3 James Peebles, "Dark Matter" *PNAS* (Proceedings of National Academy of Sciences in the United States of America) October 6, 2015 112 (40): 12246-12248.

4 Daniel Everett, *Dark Matter of the Mind: The Culturally Articulated Unconsciousness* (Chicago: University of Chicago Press, 2016).

5 魯迅，〈影的告別〉，《野草》，《魯迅全集》第二卷，頁一七〇。

下，「我附體在某個角色身上，隨他在情節中流轉，他的一生就是我的一世。」九篇小說，無數輪迴。藏身其間，陳春成幻化為陳玄石、陳元常、陳春醪、陳透納……幽幽的將他的文學潛水艇駛向下一個時空。

王德威，美國哈佛大學Edward C. Henderson講座教授。

目次

夜晚的潛水艇

一九六六年一個寒夜，博爾赫斯（波赫士）站在輪船甲板上，往海中丟了一枚硬幣。硬幣帶著他手指的一點餘溫，跌進黑色的濤聲裡。博爾赫斯後來為它寫了首詩，詩中說，他丟硬幣這一舉動，在這星球的歷史中添加了兩條平行的、連續的系列：他的命運及硬幣的命運。此後他在陸地上每一瞬間的喜怒哀懼，都將對應著硬幣在海底每一瞬間的無知無覺。

一九八五年，博爾赫斯去世前一年，一位澳洲富商在航海旅途中無聊，借了同伴的書來看。對文學從無興趣的他，被一首題為〈致一枚硬幣〉的詩猝然擊中。一九九七年，在十餘年成功的商業生涯後，這位商人成了財產不可估量的巨富和博爾赫斯的頭號崇拜者。他收藏了各種珍貴版本的博爾赫斯作品、博爾赫斯用過的菸斗、墨鏡、吸墨紙，甚至連博爾赫斯的中文譯者王永年在翻譯時用的鋼筆他都收集了兩支（此時王還在世）。但這些仍無法平息他的狂熱。同年春天，一個念頭在黎明時分掉進他夢中，促使他資助了一場史上最荒誕的壯舉。他要找到博爾赫斯扔進海裡的那枚硬幣。他買下一艘當時最先進的潛艇並加以改進，聘請了一批來自世界各地的海洋學家、潛艇專家和海底作業員（該團隊由一名中國籍陳姓物理海洋學家擔任隊長）。富商深知他無法讓這群精英為自己的白日夢效力，因此向他們承諾，將為他們的海底考察提供長久的資助，要求僅是他們在科研工作之餘，順便找尋一下那枚硬幣的蹤跡。陳隊長問他：「如果一直都找不到呢？」「那我就一直資助下去。」

根據詩中資訊，博爾赫斯是從蒙特維多啟航，拐過塞羅時將硬幣丟進海中。團隊調取了那一年的洋流資料，並將塞羅周邊海域劃分成許多個邊長一公里的正方形，逐塊搜索。為了區分海底礦床及海中垃圾，他們特製了一台金屬探測器，僅對微小體積的金屬圓片產生反應。結果只找到幾枚大航海時期沉在海底的金幣。考慮到那枚硬幣已被鹽分啃噬了數十年，很可能僅剩餘一點殘片，或者完全消融了。第二年，富商讓他們離開塞羅，去全世界的海域開展科研考察，同時保持探測器開啟，萬一發現反應，再設法進行打撈。富商明白找到的希望微乎其微，但他認為找尋的過程本身就是在向博爾赫斯致敬，像一種朝聖。其間所耗費的財力之巨大和歲月之漫長，才配得上博爾赫斯的偉大。

阿萊夫號潛艇（名字自然取自博爾赫斯一篇小說的題目）的技術領先於同時代任何國家，為避免受到干預，這次考察行動從未向外界公布。潛艇定期在指定座標浮出海面，同富商的私家飛機交接。飛機運來物資，同時將潛艇外部安裝的攝像頭所錄下的影像資料帶回去。富商每夜看著海底的畫面入睡。考察進行了將近三年。一九九九年底，潛艇失去聯繫。推測是在探索海溝時失事。次年，富商病逝。他的孫女在多年後翻看他的遺物時發現了那些錄影帶。其中有一段不可思議的影像：

潛艇於一九九八年十一月駛入一座由珊瑚構建的迷宮。探照燈照出絢爛迷幻的圖景。隊員們誤估了兩座珊瑚礁之間的距離，導致潛艇被卡住，動彈不得。六小時後，鏡頭拍到遠方駛來一艘藍色潛艇，向阿萊夫號發射了兩枚魚雷。魚雷精準地擊碎了珊瑚礁，艇身得以鬆動，快因缺氧而昏迷的隊員連忙操縱潛艇，向海面升去。那艘潛艇則像幽靈般消失在深海，此後的航行中再未和它相遇過。

我國知名印象派畫家、象徵主義詩人陳透納去世後公開的手稿中，有一篇他追憶早年生活的散文（也有人將其歸類為小說），也許能為這一神祕事件提供另一種解釋：

國慶時回了趟老家。老房間的舊床實在是太好睡了。隨便一個睡姿裡，都重疊著以往時光裡無數個我的同一姿態。從小到大，一層套一層，像俄羅斯套娃一樣。我覺得格外充實，安適，床是柔軟的湖面，我靜悄悄沉下去，在這秋日的午後。醒來時我打量這房間。窗簾上繪著許多棕色落葉，各種飄墜的姿態，和秋天很相宜。淡黃色杉木地板，淡黃色書桌。藍色曲頸檯燈。圓圓的掛鐘，螢光綠的指針，很久以前就不轉了，毫無緣由地一直掛在那裡。牆刷過一次，仍隱約可辨我年幼時的塗鴉，像遠古的壁畫。這麼多年過去了，我依然愛這個房間，儘管它不再是潛水艇的駕駛室。我該起床了。父母喊我吃晚飯的聲音，好像從遙遠的歲月裡傳來。穿衣服時，我依然無法相信自己已經三十歲了。

晚飯時母親說起，上禮拜沈醫生過世了，以前給你看過病的，你還記得吧。在妻子面前，父母絕口不提我生病那幾年的事，這次她娘家有事，沒跟我一起回來。我含著筷子嗯了一聲。中學那幾年，我像著了魔一樣沉浸在病態的妄想裡，自己倒不覺得什麼，對我父母來說，那是噩夢般的幾年。不過現在一切都過去了，我也結婚生子，進了一家廣告公司，像個正常人一樣生活。大家都覺得很欣慰。

從初中起，我為過度生長的幻想所纏繞，沒法專心學習。沒法專心做任何事。更小一些，誰也沒覺察到症狀，還誇我想像力豐富。我指著房門上的木紋，說這是古代將軍的頭盔，那是熊貓的側面，爸媽都覺得像。有時我坐在地上，對著大理石的紋理發呆，想像這條細線是河流，那片斑紋是山脈，我在其中攀山涉水，花了一下午才走到另一塊大理石板上。有一天我爸回家，發現我一臉嚴肅地盯著正在抽水的馬桶，問我幹嘛，我說尼斯湖上出現了一個大漩渦，我們的獨木舟快被吸進去了。我爸問我們是誰，我說是我和丁丁，還有他的狗。他也只是摸摸我的頭說，要不要我來救你，不然來不及吃晚飯了。

這類幻想多半是一次性的，像一小團雲霧，隨處冒出，氤氳一陣又消散。只要有插圖的書，我都能拿來發呆。對著一根圓珠筆芯我能看上一節課。所以成績可想而知。四年級起，我迷上看山水畫。我看到美術課本上印著的《秋山晚翠圖》，一下就著了迷。我從畫底的雲煙裡攀上山腳的怪樹，一直沿著山澗，爬到畫上方的小木橋上，在畫中花了三天，在現實中則用了兩節課。我在草稿紙上畫出《溪山行旅圖》裡山峰的背面，設計出一條攀登路線，登頂後我躲在草木後邊，窺探著山下經過的客商。我在一本圖冊上的《茂林遠岫圖》裡遊蕩了一禮拜，想像自己如何從溪流邊走到崖底，如何躲避山中猛獸，最後到達安全的山洞。老師經常向我爸媽告狀，說我注意力不集中，上課老走神。

當鋼琴教師的母親決定教我學琴，來培養專注力。我開始苦不堪言地練指法，黑鍵白鍵在我眼中一會變成熊貓，一會變成企鵝。最後我覺得自己在給斑馬撓癢癢。為激起我的興趣，我媽給我彈了幾首莫札特，說等你練好就能彈這麼好聽的曲子了。我呆呆地聽了半天，在一首曲子裡，我乘著熱氣球忽上忽下地飛，最後飛進銀河裡去了。另一首說的是一個小男孩在湖面上用凌波微步跑來跑去。最後一首描繪夜裡亮著燈的遊樂場。我媽見我聽得入神，問我感覺怎樣。聽我說完，她歎了口氣，合上琴蓋，說：「你去玩吧。」原先我只能對畫面胡思亂想，從此對聲音也可以了。

初中後我對歷史地理饞有興趣，但只是隨便聽一點，不甚了了。用這點零星知識作養料，幻想越發繁茂地滋長起來。我的腦袋像伸出了萬千條藤蔓，遇到什麼就纏上去，纏得密密實實的，還要在上面旋轉著開出一朵花。我隨時隨地開小差，對著什麼都能走神，時不時就說些胡言亂語，同學們都覺得我是怪人。成績自然一塌糊塗。爸媽先是帶我找了學校的心理輔導老師，後來又看了幾次心理醫生和腦科專家，有說我妄想症的，有說沒毛病只是想像力太豐富的，總之都沒轍，說等過幾年孩子大了沒準就好了。爸媽常常歎氣，我倒覺得沒什麼。我能在蓮蓬裡睡覺，到雲端游泳，在黑板上行走，追蹤墨水瓶裡的藍鯨，我能一邊挨老師的罵一邊在太空裡漂浮，誰也管不著我，誰也捉不住我。無數個世界任憑我隨意出入，而這世界只是其中的一個罷了。

此外，我覺察到一些不同尋常的現象。當我想像自己在某幅山水畫中攀爬，如果想得很投入，幻想結束後我會覺得渾身酸痛。有一晚睡前，我看了好久莫內的睡蓮，夢中我變得很小很小，在那些花瓣間遨遊，清晨醒來後，枕邊還有淡淡幽香。早飯時母親問我是不是偷噴了她的香水。由此我推測，只要將幻想營造得足夠結實，足夠細緻，就有可能和現實世界交融，在某處接通。如果我在幻想中被山林裡跳出來的老虎吃掉，也許現實中的我也會消失。當然我沒有嘗試過。我只樂於做一個夢境的體驗者，並不想研究它的機理。而且我相信，當幻想足夠逼真，也就成了另一種真實。

初二那年，我發明出了新遊戲：對著陽光裡的浮塵幻想。這時我已經有了點粗淺的歷史知識。我想像一粒塵埃是一顆星球，我把這顆星球的歷史從頭到尾想像出來，從學會用火開始，一直想到造出飛船去探索別的塵埃。其間當然參照了地球上的歷史。隨後我發現用一整天來設想幾千年的事，結構太鬆散，破綻太多，因此幻想容易流逝。只要我樂意，我可以用一天來想那星球上的一天，但工程太大，也不好玩了。最後我決定用一天來編造一百年的歷史，我設定好物種、資源、國家、陸地形狀等等，想了幾天，一切就自行發展起來。想像這回事，就像順水推舟，難的只是把舟從岸上拖進水裡，然後只消一推，想像就會自行發展。白日夢的情節，常常會延伸進我的睡夢裡。有時我甚至覺得我們星球上所發生的一切，其實只是另一個人對著塵埃的幻想罷了。但我發覺這遊戲有個缺點，就是無論我如何設置開頭，塵埃上一定會發生世界大戰。試了好多次，都無法避免。我被戰陣廝殺聲、火光和蘑菇雲弄得連夜失眠，只好終止了幻想，像用手掐滅一個菸頭。

接下來，我發明出了最讓我著迷，也是最危險的一個遊戲：我造了一艘潛水艇。

我爺爺是個海洋學家。我七歲那年，他不顧家人反對，以六十歲高齡，受邀參加了一次海洋考察，具體去哪裡做什麼，沒對我們說。然後再也沒有回來。我很小的時候，每晚睡前，都聽他講海裡的故事。我父親小時候也聽過那些故事，他至今認為那是造成我妄想症的根源。我時常思念我爺爺，在我的想像中，他和大海融為一體。十四歲那年，初三上學期，我決定開始經營一次海底的幻想。我在課堂筆記的背面畫了詳細的草圖，設計出了一艘潛水艇。材料設定為最堅固的合金，具體是什麼不必深究。發動機是一台永動機。整艘潛艇形狀像一枚橄欖，艇身為藍色，前方和兩側還有舷窗，用超強玻璃製成，帶有夜視功能，透過玻璃看出去，海底是深藍的，並非漆黑。潛艇內部結構和我家二樓一模一樣：父母的房間，我的房間，擺著鋼琴的小客廳和一個衛生間。我的設想是這樣的，白天時，這層樓就是這層樓，坐落于群山環抱的小縣城裡；夜晚，只要我按下書桌上的按鈕，整層樓的內部空間就轉移到一艘潛水艇裡邊去，在海中行駛。我爸媽在隔壁睡著，一無所知，窗外暗摸摸的，他們也不知是夜色還是海水。我的房間就是駕駛室。我是船長，隊員還有一隻妙蛙種子和一隻皮卡丘。

每天夜裡，我坐到書桌前，用手指敲敲桌面，系統啟動，桌面就變成控制台，上面有各種儀錶。前方的窗玻璃顯示出深藍色的海底景象。副駕駛位上的皮卡丘說：皮卡皮卡！它的意思是，Captain Chan，我們出發吧！妙蛙種子說：種子種子。這是說，一切準備就緒。我看了看桌上的地球儀，上面亮起一個紅點，那是我們所在的位置。現在已經位於太平洋中央了。掛鐘其實是雷達螢幕，顯示附近沒有敵情。我們制定的航線是從縣城的河流到達閩江，再從閩江入海，繞過台灣島，做一次環球旅行。在河流和江水裡，潛水艇可以縮小成橄欖球那麼大，不會惹人注意。到海底再變回正常大小。航行的時間，我設定為一九九七年。因為那時我爺爺還在進行海上考察，沒準能遇上他。我握住檯燈的脖子（這是個操縱柄），往前一推，果決地說：出發！潛艇就在夜色般的海水中平穩地行駛起來。

這一路我們經歷了很多冒險。我們被巨型章魚追擊過，一整夜都在高速行駛。後來潛艇急降到海底，啟動隱形模式，偽裝成一塊岩石，章魚就在頭頂上逡巡，蜿蜒著滿是吸盤的長長觸手，納悶地張望。我們在下面屏住呼吸，體會著甜蜜的刺激。我們在珊瑚的叢林裡穿行了三個晚上，那裡像一座華美的神殿。遇到一艘潛艇卡在那裡，不知是哪國的，我們出手救了它。有可能我們穿透進了現實的海底，也可能那艘潛艇是另一個人的幻想，我們沒有深究。還有一回海溝探險，黑暗中無聲遊出一頭史前的滄龍，險些被牠咬住。利齒刮擦過艇身的聲音，至今想起還覺得頭皮發麻。隔著舷窗細看牠遍體的鱗甲，滑亮如精鐵所鑄，倒是好看。我們還和一隻性情溫和的虎鯨結成了好友，每次在危難中發出信號，它總像守護神一樣及時趕到，同我們並肩作戰。

自從開啟了這場幻想，我白天的胡思亂想少了許多，因為要把想像力集中在夜間使用。但是依然不怎麼聽課，我不斷完善著潛水艇的設計圖紙，制定新的冒險計畫。晚自習回來後，我在書房裡開始構思這一夜的大致輪廓，然後敲敲桌面，坐著陷入幻想。幻想中的情節按著構思來，但也會有我無法控制的演變，這樣才有意思。入睡後，之前的劇情在夢裡延續。珊瑚的光澤和水草的暗影夜夜在窗外搖盪。

有一天晚上，我爸和朋友小酌，很晚還沒回來。我很焦急。因為如果我把二樓的空間轉移到深海的潛艇中去，原先的位置會變成怎樣，我沒有想過。也許等我爸上了樓，打開門，會看到一片空白，或滿屋的海水。我只好等著。入冬後，坐書桌前太冷，我把操控台轉移到床上來。枕頭上的圖案是各種按鈕。床頭板是顯示幕，開啟透視功能和照明後，就能看見被一束光穿透的深藍海水、掠過的游魚和海底沙石。我蓋著被子趴在床上，雙手放在枕邊，蓄勢待發。十點半，老爸終於到家了。聽著他鎖門，上樓，輕輕合上臥室門的聲音，幸福感在被窩裡油然而生。彷彿鳥棲樹，魚潛淵，一切穩妥又安寧，夜晚這才真正地降臨。門都關好了，家閉合起來，像個堅實的果殼。窗外靜極了，偶爾聽見遠處一陣急促的狗吠聲，像幽暗海面上閃動的微光。我真想待在這樣的夜裡永遠不出來。按下啟動鍵，我進入潛艇裡。妙蛙種子問：種子種子？（今晚這麼晚？）我說，久等了，出發吧！那晚我們在北冰洋的冰層下潛行。我忘了設計取暖裝置，結果第二天醒來，感冒了。

高二的一天夜裡，我下了晚自修，興奮地小跑回家，今晚要去馬里亞納海溝探險了。為這一天我們做了好久的準備工作，皮卡丘早就急不可耐了。進門，發現爸媽都坐在客廳裡，沉默地等著我。茶几上放著我的筆記本，攤開著，每一頁都畫著潛水艇。我臉上發熱，盯著本子，說不出話來。過了一會，父親開了口，他說，透納，你不能再這樣下去了。我看著他們在燈光下的愁容，第一次發現父母老了很多。這幾年我整天沉浸在海底，根本沒仔細打量過他們。那晚他們對我談了很多，傾訴了他們這些年的憂慮。母親哭了。我從未在父親臉上見過那種無助的神情。那是一次沉重的談話，又在快樂的頂峰迎頭罩來，以至多年後想起，語句都已模糊，心頭仍覺得一陣灰暗。高考、就業、結婚、買房，這些概念從來都漂浮在我的宇宙之外，從這時起，才一個接一個地墜落在我跟前，像灼熱的隕石。我才意識到這是正常人該操心的事。正常一點，他們對我的要求也僅限於此。其實我除了愛走神、成績差，沒什麼反常的舉動，但父母能看出我身上的游離感，知道我並非只在這個世界生活。而我渾渾噩噩，竟從未覺察到自己的病態和他們的痛苦。想到那麼多時間都被我拋擲在虛無的海底，我第一次嘗到什麼是焦慮。

當晚入睡後，我沒有進入潛水艇，只做了許多怪誕的夢。夢中景物都是扭曲的，像現代派的怪畫。

第二天，我試圖專心聽講，發現已無法做到。走神。不可抑制地走神。看著教室牆壁上的裂紋走神，想像那是海溝的平面圖。對著一束陽光走神，無數星球在其中相互追逐。盯著橡皮走神，它的味道和潛水服的腳蹼相似——我在淺海中採摘珍珠時穿過。我翻開書來看，結果又對著課本前頁十來個編者姓名發了半小時的呆，從名字揣測這些人的性格、相貌和生平。我腦中伸出萬千藤蔓，每一條藤蔓又伸出無數分叉，漫天枝葉在教室中無聲地蔓延，直到把所有人都淹沒。

這樣過了三天。這三天我都沒有下到潛艇中去。我當然可以想像出一個世界，那裡邊的爸媽並不為我擔憂，我依然能每夜開著潛艇，而他們毫無察覺地睡在隔壁，陪我在海底漫遊。但那晚他們憔悴的面容和疲憊的聲音已經刻進我腦中，我做不到那樣自欺欺人。同高考相比，去馬里亞納海溝探險實在是太無關緊要的事了。我不忍心再讓他們難過。我要爭氣。

第三天晚上，我想好了對策，關了房門，坐到書桌前。閉上眼。我讓所有的想像力都集中到腦部。它們是一些淡藍色的光點，散布在周身，像螢火蟲的尾焰，這時都往我頭頂湧去。過了好久，它們彙聚成一大團淡藍色的光芒，從我頭上飄升起來，漸漸脫離了我，像一團鬼火，在房間裡遊蕩。這就是我的對策：我想像我的想像力脫離了我，於是它真的就脫離了我。那團藍光向窗外飄去。我坐在書桌前，有說不出的輕鬆和虛弱，看著它漸漸飛遠。最後它像彗星一樣，沖天而去。

次日醒來，我拿起一本書來看，看了一會，驚覺自己真的看進去了。課堂上聽講也沒有問題，居然整整一節課都沒開小差，老師說什麼，我聽什麼，完全跟得上，再也不會抓住一個詞就開始浮想聯翩。聽課時，對身邊一切都能視而不見，這種適度的麻木真是令人舒適。我好像從熱帶雨林裡一下子跑到了馬路上。這裡不再有繁密的枝葉、柔軟的泥沼、斑斕的鸚鵡和吐著信子的蛇，眼前只有確鑿的地面和匆匆的人流。於是我一路小跑，追了上去。

高三一年我突飛猛進，老師們都說我開了竅，同學們背地裡說我腦子治好了。後來的事不值一提。我考上了不錯的大學，進了一家廣告公司，結了婚。我的腦中再也不會伸出藤蔓，成了一個普通的腦袋了。想像力也一般，和常人相差無幾。旅遊時，坐在竹筏上，導遊說這座山是虎頭山，我說，嗯，有點像。他說那是美人嶺，我說看不出來，他說，你得橫著看，我歪著頭看了一下，說，有點那個意思。就這樣而已。工作中，有時甲方和領導還說我的方案缺乏想像力，那時我真想開著我的潛水艇撞死他們。

有時我也試著重溫往日的夢境。但沒有用，我最多只能想像出一片深藍的海，我的潛艇浮在正中央。靠著剩餘這點稀薄的想像力，我根本進不去裡面，只能遠遠地望著。只有一次，那晚我喝了點酒，睡得格外安適。夢中我又坐在駕駛台前，皮卡丘推著我說，皮卡皮卡？（你怎麼了，發什麼愣？）妙蛙種子說：種子種子！（我們向海溝出發吧！）我看了看時間，原來我們還停留在一九九九年的海底。我離去後，潛水艇中的一切像被按下了暫停鍵。它們不知道我多年前已經捨棄了這裡。隨後我就醒了，帶著深深的悵惘。我意識到，當年的對策有個致命的疏漏。當時我急於擺脫想像力的困擾，沒有設定好如何讓它回來。現在我有更好的方案：我可以想像出一個保險櫃，把想像力想像成一些金塊，將它們鎖在櫃中。再把密碼設置成一個我當時不可能知道，若干年後才會知道的數字。比如我結婚的日期，二〇二二年我的電話號碼。這樣我就能偶爾回味一下舊夢，來一場探險，怕沉溺其中，再把想像力鎖回去就行了，設置一個新密碼。但是當時欠考慮，畢竟年紀小。現在已經來不及了。我的想像力可能早就飛出了銀河系，再也回不來了。

國慶最後一天，離家前夜，我坐在書桌前，敲了敲桌面。什麼都沒有發生。我握住檯燈，望著窗外的夜色，對自己說：Captain Chan，準備出發吧。

——如文中所提，上文作於陳透納三十歲時，當時他還在廣告公司工作。後來他迷上作畫，辭職成為畫家，成名經過，眾所周知，自不必贅述。晚年，他在回憶錄《餘燼》中說：

……五十歲後，我停止了作畫，也不再寫詩，很多人說我江郎才盡。其實不是的。我的才華早在十六歲那年就離我而去，飛出天外了。我中年開始作畫，不過是想描繪記憶中那些畫面。寫點詩，也是為此。我只是如實臨摹，並非世人所說的什麼主義。直到有一天，我把以前的夢境都畫完了，就不再畫了，這是很自然的事。我一度擁有過才華，但這才華太過強盛，我沒辦法用它來成就現實中任何一種事業。一旦擁有它，現實就微不足道。沒有比那些幻想更盛大的歡樂了。我的火焰，在十六歲那年就熄滅了，我餘生成就的所謂事業，不過是火焰熄滅後升起的幾縷青煙罷了。

陳透納遺書的最後一段，交代了繼承事宜後，他寫道：「我反覆畫過一張畫。深藍色的背景中央，有一片更深的藍。有人說像葉子，有人說像眼睛，像海裡的鯨魚。人們猜想其中的隱喻。其實沒有任何含義，那是一艘潛水艇。我的潛水艇。它行駛在永恆的夜晚。它將永遠，永遠地懸停在我深藍色的夢中。」

西元二一六六年一個夏天的傍晚，有個孩子在沙灘上玩耍。海浪沖上來一小片金屬疙瘩，銹蝕得厲害。小孩撿起來看了看，一揚手，又扔回海裡去了。

二〇一七年十月二十八日

竹峰寺

——鑰匙和碑的故事

來竹峰寺的頭兩天，我睡得足足的。從來沒那麼睏過。那陣子心裡煩悶，所謂「悶向心頭瞌睡多」，有它的道理。山中的夜靜極了。連蟲鳥啼鳴也是靜的一部分。頭兩天，只是睡。白天也睡。白天，寺院中浮動著和煦的陽光，庭中石桌石凳，白得耀眼，像自身發出潔白的柔光。屋瓦漸漸被曬暖。這是春夏之間。我躺在一間僅有一床一桌的客房的床上，想像自己是個養病的病人，虛弱又安詳。多少年沒睡過那樣的好覺了。像往一個深潭裡悠悠下沉，有時開眼看看水面動盪的光影，又閉上。睡到下午四點多，實在不好意思了，起來吃了點麵條，開始在寺中轉悠。

這時他們正在做晚課。每個寺廟的晚課內容不盡相同，竹峰寺的不算長，也不短。三個人在大殿裡嗡嗡念誦，音節密集，用密集的音節營造出一種小規模的莊嚴氣象來，站門外聽，聲勢頗壯，聽不出僅有三人。忽而聲調一緩，由慧燈帶頭，曼聲吟唱起來，好聽極了。聽到「是日已過，命亦隨減。如少水魚，斯有何樂……」我就走出院去，四下閒逛。

偏殿一側，深草中散落著不少明清的石構件，蓮花柱礎，雲紋的水槽。多數都殘損了。一隻石獅子已然倒了，側臥著，面目埋在草叢中，一副酣然大睡的樣子。另一隻仍立著，昂然地踩著一隻球，石料已發黑，眼睛空落落地平視前方。我打著呵欠，懶洋洋地穿行在這些廢石荒草間，那石獅子像被我傳染了似的，也大大地打了一個呵欠，然後若無其事，繼續平視前方。我扭頭對它說：「我看到了。」它裝作沒聽見，一直平視前方。它前邊只有一叢芒草，風一吹，搖著淡紫的新穗。於是我就走開了。

有時我也去慧燈和尚的禪房裡，向他借幾本佛經看看。有一些竟是民國傳下來的。經我央求，才借給我。豎排繁體，看得格外吃力。不一會，又睏了。有時從書頁中滑落下一片乾枯的芍藥花瓣。也不知是誰夾在那裡的，也不知來自哪個春天。已經乾得幾乎透明，卻還保有一種綽約的風姿。而且不止一片。這些姿態極美的花瓣，就這樣時不時地，從那本娓娓述說著世間一切美盡是虛妄的書卷裡，翩然落下。看倦了，就去散步。黃昏時我總愛走出寺去，到山腰去看看那個甕。

那個甕是前年秋天慧航師父發現的。據本培說，那陣子他沒事老在山上轉悠，拿一根竹棒，東戳戳，西探探，想找到那塊碑。先是找到一塊石板，掉在南邊山澗裡，費了好大勁，人爬下去一看，上面沒字。翻過來，也沒字。那石板顯然不是天然的。怎麼好好的一塊石板會落在山澗裡？誰也不知道。慧航還不死心。秋天，又找到一塊木板。這塊木板被一塊大石壓著，埋在山腰深草中。慧航心想：是了！這是記號，東西一定藏在下面。搬開石頭，揭開木板，是個甕。甕中空空如也，只有一層乾掉的泥。這是下雨天泥水滲進去留下的。本培拿抹布把甕裡頭淘洗了一遍。好大一個甕！人可以蹲坐在裡面。這是幹什麼用的呢？慧航說，他去過廣州，那邊人喜歡吃深井燒鵝，就是這樣在地下挖個洞，埋個甕，再把塗好料的鵝吊進去烤。沒準以前寺裡有個廣東和尚，躲到這裡來開葷。回去問慧燈，慧燈老和尚說，不懂不要亂講哪，出家人怎麼能吃烤鵝？這是個聽甕。什麼甕？聽甕。聽到的聽。慧燈說，過去行軍打仗，一般是埋個小陶罐在土裡，罐口蒙層牛皮，人伏在地上，耳朵湊上去聽。遠處有兵馬動靜，自然就聽到了。效果最好的，是埋個大甕在地下，人躲進去聽，能聽十幾里開外的聲音。清末的時候，這寺廟被土匪霸占了，那個甕估計就是他們埋下的，官兵要來剿，提前能聽到。這些是從前我師父告訴我的。那個甕，我小時候就在那裡了，也鑽進去玩過，沒想到這麼多年了，還在。於是他們把那個甕原樣蓋好，擱在那裡。這回來寺裡，上山時我聽本培說起，覺得很有趣，沒事總愛來玩玩。

黃昏時我又揭開木板，鑽進甕裡，蓋好。躲在裡頭，油然而生一種安全感，像回到了自己的洞穴。有一天傍晚我不知道因為什麼事，覺得心裡難受，就躲進那甕裡，痛痛快快地哭了一場，無人知曉，舒服極了。漆黑中，能聽見空氣的流動聲、遙遠的地下水冰涼的音節，甚至溪流拂過草葉時的繁響。土壤深處有種種奇異的聲音。有時聽見黑暗中傳來一陣「隆隆」的響聲，像厚重的石門被緩緩推開，片刻又寂然了。問本培，他說這是山峰生長的聲音。山峰不是一點點勻速長高的，而是像雨後的竹筍，一下一下地拔高。也許幾個月拔一次，也許幾年。我問他哪裡聽來的，他說百度。去問慧燈師父，他說他小時候也聽到過，聽師兄說，是土地公的呼嚕聲。我至今也沒搞明白那是什麼聲音。有時從甕中出來，天已黑透，我周身浸在一種敏銳、清冷的知覺裡，彷彿剛從深淵裡歸來。擎著手機的一團光，我慢慢摸上山去。

睡了幾天，精神好多了，有時興起，爬上久無人跡的藏經閣去望望。藏經閣在竹峰最高處，推開二樓後窗，可以望見群山間有一小片碧瑩瑩的閃光，那是遠處的湖面。往東一些，兩座山之間，有一小截很細的深灰色線段，那是回鸞嶺隧道和鐵葫蘆山隧道之間的公路。多年前我就是在那截線段上望見竹峰的，不然此刻也不會來到這裡。彷彿上一刻還在那兒張望，忽然就已置身山中。人生真是奇妙。

福建多山。閩中、閩西兩大山帶斜貫而過，為全省山勢之綱領，向各方延伸出支脈。從空中看，像青綠袍袖上縱橫的褶皺。褶皺間有較大平地的，則為村、為縣、為市。我家鄉屏南縣在閩東的深山裡。從甯德市到屏南，有兩小時車程，沿途均是山。我非常喜歡這段路。這些山多不高。除了到霍童鎮一帶，諸峰較為秀拔外，其餘多是些連綿小山，線條柔和，草木蔚然，永遠給人一種溫厚的印象，很耐看。我很喜歡看這些山，一路都在張望，望之不厭。山間公路，多是盤山上下，要麼就穿山過隧。常常是連續幾個隧道，剛從一段漫長的黑暗中出來，豁然開朗，豁然沒多久，又進入下一段黑暗。在隧道中行車，想到自己身處山體內部，既有一點激動，又覺得安寧。回鸞嶺隧道很長，出了隧道，到進入鐵葫蘆山隧道之前，有約二十秒的時間，可以望見上面的雲天和四下的山野。大一寒假，從寧德回屏南的路上，這二十秒中，我第一次望見了竹峰。竹峰和公路間隔著一道水，山峰的下半截隱在前面一座山之後。這時我望見竹峰的峰頂上，茂林之中，露出一角黑色的飛簷。當時十分好奇，那樣的絕頂山巔上，怎麼會有人家呢？是為了防範土匪侵擾，或者躲避徵稅？我們本地的民居，屋簷又沒有那樣美麗的弧線。是道觀，或是廟？就在這兒留了個心。第二年暑假回來，路過那裡，一望峰頂，卻不見了那個簷角。也許是久無人居，坍塌了？也許之前所見，只是幻覺。這一來更增添了神祕感。到那年冬天，我又回來，車還在隧道裡，我就準備好了，到了，一望，那簷角竟又完好地重現在峰頂。一想，才明白過來：夏天林木繁茂，屋簷為山巔的濃綠所遮蔽，冬天草葉凋零，這才顯露出來。這些年來，對於我，它就像一個小小的神龕，安放在峰頂的雲煙草樹間。在我的想像中，無論世界如何搖盪，它都安然不動，是那樣的一處存在。

一直到大學畢業那個夏天，我才下定決心，要上去看看。我就要去遙遠的城市工作了，無論如何，要上去看看。一個念頭擱久了，往上添加了種種想像，那就非實現不可了，即便明知幻想有破滅的可能。尋了個機會，我搭了鄉間大巴，在回鸞嶺附近的網站下了車，烈日下徒步走了大半天，近傍晚時才到那山峰腳下，仰脖一望，分明是絕壁。繞到山峰後面時，恰有一道狹長的紫霞，蜿蜒著指向西側的天空。原來山峰背面，遠離公路的一側，有個小村莊。村子上空炊煙還沒散盡，幾聲狗吠，霞光漸暗。進村逛逛，似乎只見到老人和小孩。幾個孩子在場上瘋跑，發出尖銳的叫聲。老人喝罵著喚他們回家。從村中望峰上，天際餘光裡，幾座殿堂的簷角隱約可見，儼然是一座寺廟嘛。從山峰這一面，有路上去。問了一個老頭，那座山叫竹峰，寺是竹峰寺。夏天天黑得晚，我冒險趁著最後的亮，一氣上了山。山路還算好走，多是土路，難走的地方墊了石塊。走到半山腰，樹叢中躥出一隻小獸，月光下遠遠地站住，向我望了一眼，又急急地回身躥入林中。看模樣，是麂。到了寺門口，我敲了敲那扇木門板。門上的紅漆剝落殆盡，只剩零星幾塊，像地圖上的島嶼。過了好久，本培的聲音懶懶地響起：「誰呀？」我還沒答，門就開了。

那是我第一次見到本培。那時慧航師父還沒來，寺中只有他師父慧燈老和尚和他兩人。他還沒出家，是個住廟的居士。這人有點怪，醫學院畢業，不知為什麼跑來這寺廟住下，日常幫慧燈打理些事務。他父母早已離婚，父親經商，忙，也管不了他，只好和他商定，當居士可以，出家不行。大概認為他沒幾年就會想通，回來了。沒想到他剛到寺裡半年，父親就接了幾筆大訂單，覺得冥冥中似有佛祖庇佑，再勸他回家時，語氣也沒那麼堅定了。本培有個世俗的愛好，打遊戲，學生時代養成的，戒不了。每天早課後、午飯後、睡前，都要玩幾局。他說古有詩僧、書僧、棋僧，遊戲僧也是與時俱進的產物。不過學佛之人沉迷遊戲，總歸不像話。慧燈和他約定，遊戲可以玩，只有一樣，射擊、打鬥類的不行，會滋長戾氣。本培說好，就下了一個單機版的實況足球，單機版魔獸（慧燈不懂這其實也算打鬥），天天玩，玩不膩。他也玩遊戲，也看經書，也種菜、做飯，日子過得很有滋味。這幾年不見，他倒胖了。他說是饅頭麵筋吃多了。

我初次來時，廟裡荒涼得很，大雄寶殿是廢墟一片，衰草離離，只有僧房、齋堂、藏經樓幾處地方較完好。連佛像都沒有，房間裡掛著佛祖、觀音的畫像，聊以代替。那晚慧燈師父和我招呼了幾句，就早早睡下了。這是個枯瘦而話不多的老人。本培和我坐在寺門外乘涼，談天說地，直到很晚才睡。銀河從天頂流過，像一道淡淡的流雲，風吹不散。本培大概挺久沒和同齡人聊天了，且樂於向我介紹山中的一切，說得很有興味。不知為什麼，我這人不愛交際，和他一見卻很投緣，聊起來沒完。也許因為性格都有點怪僻，怪僻處又恰好相近。那次住了兩天。和慧燈師父道了謝，和本培留了聯繫方式，約好下次再來，我就走了。一走，就是六年。

如今我又來了。

這次回鄉，心裡煩悶。一是剛換了工作，還有點飄然無著落的感覺；二是老屋被拆。我在辭職和入職之間，狡猾地打了個時間差，賺到了為期兩個月的自由。哪也不想去，想回家休整休整。回來一看，家已經沒有了。早聽說要拆，要拆，老不拆，空懸著心；突然就拆了，風馳電掣。我一回來，放好行李，就跑去老屋。一看，全沒了。青磚的老屋，連同周邊的街巷、樹木，那些我自幼生長於其間，完全無法想像會變更的事物，造夢的背景，一閉上眼都還歷歷在目的一切，全沒了。不僅如此，整個縣城都在劇變，新來的領導看樣子頗有雄心，要在這山區小縣施展拳腳，換盡舊山河。四處一逛，風景皆殊，我真切地感覺到世事如夢。一切皆非我有。沒什麼恆久之物。其實在城市中生活，我早已習慣如此，每天到處都在增刪一些事物，塗塗改改，沒個定數。有什麼喜歡的景致，只當一期一會，不傾注過多感情，也就易於灑脫，沒了就沒了。只是對於故鄉的變動，我一時沒有防備，覺得難以接受。無論如何，那座安放在群山之間，覆蓋著法國梧桐濃蔭的小縣城，已經不復存在了。

我總希望一切事物都按既定的秩序運行下去，不喜歡驟然的變更。我知道這是一種強迫症，毫無辦法。前兩年，每天上下班，坐車繞過一個交通環島，島心有一株大榕樹，我很喜歡那株樹，幽然深秀的樣子。上班時車從這邊過，我看一下樹的這半邊；下班時從那邊過，看一下那半邊。好像非如此一天不算完整似的。那樹也確實好看。某一天它忽然消失了。沒什麼理由，就是消失了。我無法解釋它的消失，只好想像它是一隻巨大的綠色禽鳥，在夜裡鼓翼而去了。我像丟了一個根據地似的，惘然了幾天。後來環島上改種了一片猩紅的三角梅，拼成五角星的形狀。還有一處幽僻的小花園，廢棄在博物館的一角，我夜跑時最愛隔著鐵柵欄，向園中張望。心中煩亂時，遙想那裡的荒藤深草、落葉盤根，就漸漸靜定下來。後來它也消失了。樓盤像蜃樓一樣在那裡冉冉升起。相似的經歷有許多次，似乎是在為老屋的消失而預先演練，讓我好接受一些。榕樹、廢園、老屋，這些像是我暗自設定的，生活的隱祕支點，如今一一失去了，我不免有種無所憑依之感。

老屋那一帶成了工地，圍著鐵皮牆。工地邊上，也蜃樓一般，起了兩座售樓部，各亮著殷紅的大字，刺在夜空上。左邊是：盛世禦景。對面是：加州陽光。我一陣恍惚，不知身在何世。我想，那些消逝之物，都曾經確切地存在過，如今都成了縹緲的回憶；一些細節已開始彌散，難以辨識。而我此刻的情緒、此刻所睹所聞的一切，眼下都確鑿無疑，總有一天，也都會漫漶不清。我們所有人的當下，都只是行走在未來的飄忽不定的記憶中罷了。什麼會留下，什麼是注定飄逝的，無人能預料，唯有接受而已。如此迷糊了幾天，正在憤悶和惆悵間搖擺，忽然想起竹峰寺，想起本培和慧燈師父。一聯繫，本培說你有空來住幾天嘛，我二話不說，收拾了一個小包，和父母說了一聲，就來了。

來竹峰寺的大巴上，我一邊望著窗外群山，一邊用手摩挲著老屋的鑰匙。鑰匙上印著「永安」兩字，是個早已湮沒的品牌。我不知道該怎麼處置它。老屋不復存在，它就是我和老屋之間最後的一絲聯繫，像風箏的線頭。我想像這鑰匙是一隻U盤，老屋仍完好無損，只是微縮成極小的模型，就存放在這只U盤裡。一同存儲在其中的，還有關於老屋的諸般記憶。這麼幻想著，摸著掌心的一小片冰涼，心情漸漸鬆弛下來。鑰匙該如何處置呢？不能放在身邊。放在身邊，久了，它就成了日常之物，日常的空氣會消解它身上的魔力，直到對我失去慰藉作用。扔掉，又太殘忍。我想了想，決定把它藏起來。藏在一個無人知道的，千秋萬載不會動搖的地方。只要我不去取它，就能一直藏到世界末日。但不能把鑰匙扔進湖中或懸崖下，必須要我想取，就能夠取到的地方。什麼時候來取，不一定，但這種可能性必須保留。這一點可能性將我和它永遠地聯繫在一起。

藏東西，是我慣用的一種自我療法。我從小就是個太過敏感而又有強迫症的人，也試圖把自己的神經磨鈍一些，辦不到。這點我很羨慕本培，他的腦子裡像有個開關，和他談到一些最細微的感受時，他完全能了解，能說出，洞然明徹；在一些乏味的、可憎的事物面前，他只消啪的一聲關上開關，就如同麻木，全然不受其侵蝕。我問他是如何做到的？要從哪部經典入手？他說打打遊戲就好了。我想世上也許並不存在對人人管用的經文，要調伏各自的心性，每個人有每個人的偏方。大學時，我有一件心愛的玩意，是個鐵鑄的海豚鎮紙，四年裡在宿舍練字，離不開它。畢業前，我把它藏在圖書館裡一處我非常喜愛的幽靜角落，藏得極隱蔽，保管不會被人發現。它現在一定也還在那裡。想到這個，我心中就覺得安適，彷彿自己就置身在那個小角落裡，無人瞧見，將歲月浸在書頁的氣味中。閉館熄燈後，落地窗前一地明月。有時月光伸進那角落，停留片刻，又挪移開，一切暗下來。這樣想，彷彿那鐵海豚就是我的分身，替我藏在我無法停留的地方。我可以通過它，在千里外遙想那裡發生的一切。這種癖好，太過古怪，那感受也極幽微，恐怕常人不太能理解，但對我確實是有效的。這麼想著，車到站之前，我已決定把鑰匙藏在竹峰上。

本培騎了個小電驢，在村外客車站等我。我坐在後座上，風聲呼呼中，他向我說了寺廟的近況。前幾年，慧燈師父的師弟慧航也來了。慧燈年紀大了，不愛管事，最怕去宗教局開會，就讓慧航當了住持。慧航才五十來歲，很能幹，寺廟興旺了不少，大雄寶殿也重修了。本培說，蛺蝶碑的故事，不知你聽過沒有？我說我在書上看到過一點，不太了解。本培說，你可以了解一下，蠻有意思的，你可以拿來寫寫。他大概是看過了我空間裡存的文章，知道我在寫東西。說話間我們進了村，一抬頭，就望見竹峰。本培把小電驢還給村民，和我談談說說，一路走上山去。

峰以竹名，倒不是因為峰上多竹，而是說山峰的形狀像一截上端被斜斜劈去的竹茬子。這比喻不知是什麼人想出來的，倒也傳神。春夏時山頭隱沒在一片濃綠中，不大看得出來，待到秋冬草木蕭疏，露出蒼然岩壁，這才顯出一峰孤絕，宛若削成，確實像一截巨大的竹茬，直指雲天。峰頂是一塊傾斜的平面，竹峰寺就建在這塊斜面上。最低處是山門，山門進來，照例是大雄寶殿、觀音堂、法堂，漸次升高，最高處是北面的藏經樓。寺院不算大，前後高差卻有十來米。我在公路上望見的，就是藏經樓的一角飛簷。

竹峰寺的格局如一般漢傳寺院。早年間，進了山門左右還有鐘樓、鼓樓，鄭重其事，今已不存。鐘樓舊址上，用三根杉木搭了個架子，銅鐘就懸在橫樑上，早晚由本培象徵性地敲幾下。因為位置好，鐘聲經群山回蕩，遠遠地送將出去，驚散一些林梢白鷺，像吹起一陣雪片，旋了幾圈，複又落下。鐘對面，是坍了的碑亭，石制碑座還在，亭柱久已朽壞。再往前，當中是大雄寶殿，前些年重修的，紅漆尚新，長窗上的雕飾極精美，是慧燈師父親手打的。大殿裡供著釋迦牟尼佛，佛前還擺了一尊很小的石佛，造型古拙，笑容憨厚，這是從大殿舊址的廢墟裡挖出來的。大雄寶殿背後是觀音堂。觀音堂後，是一方庭院，種些尋常花木，左邊是幾間僧房，一間庫房。右邊是香積廚兼齋堂。廚房的後門外有一條由山泉匯成的小溪，像一道彎弧，自峰頂發端，從寺廟右側流過，下到半山腰，積成一處小水潭，再往山崖下瀉水，就成了一道細長的懸泉飛瀑。從廚房後門出來，溪上一道小橋。橋面覆了層淺土，中間因有人走，土色泛著白，兩邊則搖曳一些野花蔓草。春天時開一種朝開暮落的叫「婆婆納」的藍色白心小野花，常有粉蝶飛息。橋下小溪，密匝匝生遍茂草，水淺時，只能從草莖間一些斷續的亮光辨認出這是溪流。過了小橋，是一塊菜園，規劃得小而精緻，依照節候，種著各色果蔬。果蔬熟後，一半送給到訪的香客，一半留著自己吃。

庭院再往上，是法堂，已經塌了一半，殘垣瓦礫，另一半的青磚地上蒙了幾寸厚的青苔。這一部分，暫時還無力重修，而且寺中人少，照顧不了這麼大塊地方，只好任其荒廢。法堂和藏經樓之間，又是一片荒庭，石磚縫裡，野草像水一樣濺出來，四下流淌。庭中松、柏、菩提樹，均極高大，濃蔭壓地，綠到近於黑。日暮時枝葉望如濃墨，憑空堆積，枝葉間鳴聲上下，卻不見飛禽的蹤影，又熱鬧又荒涼的樣子。因為高，陰雨天常有幾縷流雲橫曳而過，一派雲樹森森的氣象。藏經樓在寺廟最高處，雖還完好，也廢棄多年了，踏入時，黑暗中像有什麼小動物一哄而散。上人時樓梯呻吟不已，似乎隨時有崩壞之虞。據說樓裡有時鬧山魈，我沒遇見過。魈，是福建山區中一種傳說中的生物，身形如小狗大小，也有說像猴子的。該物行動迅捷無比，性子頑皮，常闖入人家，打翻油燈，開一些無惡意的玩笑。從前農村常有關於魈的傳說，如今近乎絕跡了。夜裡散步，有時聽見從藏經樓方向傳來奇怪的聲響，像小孩赤腳跑過木地板。剛豎起耳朵聽，卻又安靜了。樓閣的黑影突兀而森嚴，月亮移到簷角，像一隻淡黃的燈籠。

住了幾天，我漸漸對竹峰寺加深了了解。一方面是向慧燈師父請教，一方面，用手機查了些資料。

竹峰寺始建於北宋，寺中傳下來的刻有元豐字樣的石臼、石槽可以證明。後來幾經劫亂，屢廢屢興，規模在乾隆年間達到鼎盛。其時由紫元禪師住持。從當地的一些傳說，可以想見竹峰寺當年的興旺（興旺到有點奢靡）。說是紫元禪師過七十大壽，弟子找來名廚執掌壽宴，要擺三十八桌素齋，遍請全縣名流。說法是一桌一歲，如此就可壽至一百零八歲。壽宴提早一年就開始準備。當時香火極旺，銀錢不缺。廚師擬好菜單，請管事的大弟子過目，說其中有二菜一湯，都需用到芍藥花瓣，一道菜要用乾制的花瓣，一湯一菜則要用新鮮的。芍藥花，本地少有，就有，成色也不佳。大弟子問能不能換成別的？廚師有些為難。舊時辦宴席，菜色、次序都有定式，菜名均有相應的口彩，替換了幾道，就不成套了。大弟子去請示師父。紫元方丈在蒲團上瞇著眼，也不接遞過來的菜單，像入定又像瞌睡，白鬚微顫。過了好久，在香煙繚繞中，老方丈睜開眼，緩緩地說：「沒有？沒有就種嘛。」於是就種。把揚州的芍藥花工千里迢迢請到這山區小縣的寺廟裡來，如今想來也令人咋舌。老方丈的一句話，一個老人低啞的聲音，飄飄忽忽，落到實處，就成了燦若雲錦的花朵，實在近乎神蹟。芍藥環寺而種，遍地綺羅，爛漫不可方物。花香爐香，融成一脈，滿山浮動。壽宴之後，竹峰寺的芍藥就出了名，列入本縣十景之中，當地縉紳名士，多有題詠。這些詩如今還能查到一些，大多無甚可觀，有趣的是，幾乎都提到了蛺蝶碑。因為竹峰寺此前是以這塊碑出名的。如今知道它的人已經不多了。

這碑上有個故事。故事大要在《覆船山房隨筆》裡有記載，有些細節則是聽慧燈師父講的。他是在解放前聽他師父說的。

說是明朝景泰年間，有個書生姓陳名永字元常的，寄住在竹峰寺中。陳元常「家貧，世崇佛，工書，少有才名」，功名不就，就成了寫經生。幾個月前，方丈托他寫一部《法華經》，酬以銀錢，還管吃住，一是愛他的字，二來也有憐才恤貧之意。陳元常來了數月，卻不著急寫，筆墨不動，每天就在寺中轉悠。午飯後在庭院裡走走，黃昏時在山崖邊坐坐。望望天上的雲，撿起一個松果，看看，又拋掉。

日子久了，僧人間不免有議論，以為他吃白食。陳元常不著急。他在琢磨該怎麼寫。陳元常少孤，母親信佛很誠，從小就拿佛經教他識字。他是在念「子曰詩云」前就先讀過「如是我聞」的。《法華經》，他自幼能背，而且感情很深，一些句子，使他想起已經亡故的母親。他要好好寫這部經。該怎麼寫，他琢磨了很久，還是沒動筆。

陳元常學書，最佩服的是王右軍，稍長，覺得右軍不可追及，轉而學虞永興、李北海。這兩人的字，其實都宗法王羲之，永興守之，得其溫婉；北海變之，參以雄健。陳元常學這兩家，都很像，幾可亂真。可他覺得，用這兩種風格寫《法華經》，都不太對。「若書此經，則永興之法失於柔，北海之法失於豪，」他想把二者融合起來，「複欲以永興筆書北海體，則兩失之。」沒有成功。

這天暮春午後，花氣熏人，陳元常又在寺中閒逛。照例看過了偏殿的壁畫，聽了會兒枝頭的鶯囀，摸了摸打呵欠的小和尚的頭，他到一處石階邊坐下。對著庭院中融融春光，他看了很久，想了很久。直到一隻翅上有碧藍斑點的蝴蝶飛過他眼前。那個午後他想了什麼呢？幾百年前的少年心緒，沒人知道。我猜想，他是在找一個平衡點，在莊嚴和美麗之間找到最恰當的位置，然後等聖境降臨筆端。蝴蝶飛過。陳元常意態忽忽，迷了魂似的，就跟了那隻蝴蝶走。那天天氣晴暖，鶯啼切切。蝴蝶飛進大雄寶殿，他也邁進去。午後殿中無人，香煙嫋嫋，佛也半瞇著眼。陳元常見那蝴蝶在香燭垂幔間忽上忽下地飛，飛繞了幾圈，竟翩翩然落在佛髻上。他大吃一驚，呆立當場，《覆船山房隨筆》裡寫，陳元常「見彩蝶落於佛頭，乃大悟，急索筆硯，閉門書經，三日而成。成，乃大病。諸僧視其所書，筆墨神妙，空靈蘊藉，似與佛理相合。尤以《藥草喻》一品，神光湧動，超邁出塵。」蝴蝶輕盈地落在大佛頭頂，是何等光景？難以想像。宗教的莊穆和生命的華美，於剎那間，相互契合，彼此輝映，想來是極其動人。陳元常被那個瞬間擊中，找到了他的平衡點，得於心而應於手，於是奇蹟在紙上飄然而至。這部經一直保存在寺中，其中的《藥草喻品》後來被刻成碑，立於亭下，供人觀賞。原本應叫法華碑，因此典故，多被稱作蛺蝶碑。每年到寺中禮佛的文墨人不少，見了這碑，沒有不驚奇讚歎的。晚明的福建晉江書法家張瑞圖曾購得此碑拓本，評價說：「如春山在望，其勢也雄，其神也媚。又如古池出蓮，淳淡之間，時露瑰姿。端凝秀潤，不失圓勁，真得永興之宏規，北海之神髓，惜乎其人名之不顯也！」據說弘一法師晚年在泉州，也見過友人所藏的拓本，說：「此字中有佛性，有母性，亦有詩性。」不知確否。如今是連拓本也失傳了。至於陳元常其人，據《枯筆廢硯齋筆記》記載，幾年後他再次赴考，在山路中遇到土匪，死於非命。也有說他就在這寺裡出了家的。

《覆船山房隨筆》中摘了一些清代題詠竹峰寺中芍藥和碑的詩句，往往將碑花對舉，平實的如「誰見蝶飛金粟頂，唯餘花落碧苔碑」，輕佻的有「誦偈三千首，觀花一併休。春風無戒律，蝶繞古佛頭」云云，不一而足。

到清末，寺廟為土匪所占，成了匪穴。民國時又重建，不過已經很凋敝了，寺中僧侶不過五六人。其時「廢廟興學」，廟產，也就是竹峰下的幾十畝田和果園，被沒收充公。芍藥花只剩寥寥幾叢，紅灼灼的，像幾簇餘焰，每年春末，在牆角寂然地燒幾個夜晚，又寂然地熄滅了。「破四舊」時，有信徒提前到寺中報信，僧人們有了準備，在那些小將上山之前，把寺中一些貴重的法器、經卷、玉雕觀音、黑檀木羅漢像之類，收集起來，藏到大雄寶殿供的佛像肚中和法座裡。舊時塑像，往往在佛像背後留一空洞，法座背後亦有機竅，佛像開光時，由高僧將經書、五穀、珠寶、香料甚至舍利裝入其中，各有寓意，叫做「裝藏」。這時就成了臨時藏匿之所。因為聽說本縣的另一處名寺永興寺的石碑盡數被砸毀，考慮到蛺蝶碑名頭太大，難於倖免，僧人們就把它從廊壁上取下來——民國初年，碑亭朽了，一時無力修復，只好把石碑鑲在大殿一側廊壁上，一樣風雨不到——不知抬到山上什麼地方藏起來了，然後眾僧四散而逃。結果，佛像被砸了，裡邊的器物都被掏出毀掉。那塊碑也就此失蹤。

那些逃下山去的和尚裡，有一個就是慧燈師父。他是本縣北乾村人，自幼在竹峰寺出家，當時才三十出頭。下山後回到村裡，被迫還俗，就隨他舅舅學手藝，當了個細木匠。那時細木匠沒有全職的，平時也種田，秋收後，誰家裡要準備嫁妝了，就把木匠請去。木匠是吃住都在主人家的，一連打幾個月的嫁妝：桌椅、衣櫥、梳粧檯、床。鄉下對樣式要求不高，結實為主。雕花刻鏤，有則最好，沒有也成。雕花也無非那幾樣：松鼠葡萄、蝙蝠祥雲、雲龍紋樣、松鶴圖。有的還要刻一兩句詩，比如衣櫥上照例刻「雲錦天孫織，霓裳月姊裁」，字是凸起的，可以當作開抽屜的把手。慧燈學了沒兩年，就都會了，還能自己出樣。他的手很巧，現在也能看出來。六月芒草吐穗時，我見過他用極流利的手法做出一支掃帚，那掃帚幾乎可用美麗來形容，且十分順手耐用。寺中現在用的家什器具，大半是出自他手。如今慧燈七十二了，大件傢俱，已不再做，有時興之所至，隨手做個小玩意。平日泡茶用的茶海，即是慧燈用一段樹根做的，樣式蒼莽而富有野趣，稍加斧鑿，便顯出一種渾厚靜穆。樹根上有一塊圓形節疤，本來不好處理，他將它雕成鯨魚隆出水面的背部，另一處雕出舉起的尾鰭，使整個茶海的面像一片真的海面。置茶杯於其上，就像滄海浮舟，非常好玩。

七〇年代，他進了木器社。後來木器社又改成縣傢俱廠，他一直當到技術股股長。其間當然也娶妻生子。九〇年代，他退休了，也抱了孫子，覺得對家庭的責任已經盡到，想了卻一樁心願，和妻子兒子一商量，就再度出家了。妻子知道他多年來一直存有這個念頭，也不加阻攔，但有一個要求：端午、中秋、過年要回家裡過。這沒話說，慧燈同意了。兒子開車送他到福州西禪寺受戒。慧燈即二次出家時起的法號。受戒回來，就上竹峰寺去了。這時竹峰寺已毀了多年，慧燈稍事修葺，就住下了。他工作以來，一直有筆專門的積蓄，絕不動用，就是留著重建竹峰寺用的。但要重修佛殿，這也遠遠不夠。沒有佛像，就在牆上貼了三世佛、觀音的畫像，下置一小香爐，早晚參拜。環堵蕭然，不減其誠。一直到慧航來了，情況才有所好轉。

慧航是三十多歲出家的。他是揚州人。據說八〇年代在北京上過某名牌大學。那時本科生都金貴，能考上那所大學，前途無量。臨畢業，他不知道犯了什麼錯誤，竟沒拿到畢業證，被遣送回原籍。為什麼畢不了業，他絕口不提。回鄉後，他在揚州開過幾年茶樓，也開過澡堂、素菜館。他想來很會做生意。但是據他說，也受過不少刁難、勒索。錢沒給夠，就天天被臨檢，開的第一家茶樓就是這樣倒閉的。後來才學乖。也許正因為這種經歷，他對權力非常熱中，平日最愛談的是省級、市級的人事任免。開素菜館時，結識了一些和尚，他覺得幹和尚這行挺有前途，一拍大腿，把素菜館轉讓給朋友，自己留了點股份，就出家了。他是在九〇年代末出的家，比慧燈稍晚。因此年紀相差近三十歲，望如父子，卻以師兄弟相稱。

這是個絕頂聰明的人。他到過多省，會說粵語、閩南語、溫州話、京片子，來了本地沒半年，屏南話也學會了。他記性非常好，記數字尤其快，手機號碼他只消聽上兩遍，沒有不會背的。縣裡幾個領導、老闆的號碼、生日甚至家人的生日，他都記得一清二楚，隨問隨答。算算某老闆母親壽辰快到了，就拿點禮品：手串、平安符、觀音玉佩之類，登門拜訪，每次所得的饋贈，都十分可觀。他這人詼諧健談，俗而有趣，大家都很喜歡他。而且誰都得承認，他確實很有才幹。沒幾年，他就募捐到一大筆錢，重修了山門、大雄寶殿、觀音堂。村裡的小孩，有時還拿功課來問他，沒有他不會的。憑著這份機靈，他剛出家幾年，就在西禪寺當到典座，很得住持賞識。因為升得太快，被同輩排擠，常穿小鞋。當了幾年，心情鬱悶，沒想到當和尚也這麼累。這時慧燈師父從山裡給他打電話，聊到竹峰寺近況。慧航聽了，忽然動念，寧做雞頭不做鳳尾，與其在大寺裡打熬，不如另立山門，自己創業。而且他四處打聽了一下，這個縣城經濟雖不發達，近年外出做生意的人多了，年節回鄉，往往樂於捐助，寺廟還是有發展潛力的。加上慧燈在電話裡說，你要來，住持給你當，你有本事。於是一拍大腿，他就來了。

來了之後，發現情況沒想像的好。寺廟好容易有了起色，維持生計，綽綽有餘，要發展壯大，則遠遠不夠。這幾年，他受了兩個打擊。一是想修一條直通山門的路，施主可以由山下直接開車到門口。問了一個在外做施工的老闆，老闆估了個價，高得離譜，說沒辦法，這個山實在太陡，施工難度很大。第一樁宏願就此破滅了。二是他想申報文物保護單位。和縣裡幾個領導都打過招呼，卻沒了下文。有人來看過，說你這寺廟過去破壞得太厲害，而且民國的老建築，都殘敗了，近年重建的，價值不大。正在他將要作罷的時候，一個老頭帶了一隊老頭，上山來了。是縣裡的書法協會和詩詞協會來采風，都是些退休老幹部。上到半山，就都氣喘吁吁，歇了一氣，在半山腰分了韻，老頭們各賦律詩一首，然後懷揣筆墨，奔襲到寺中，茶還沒喝，就借了書桌，開始排隊揮毫。為首的老頭是縣書協主席，他揮完了毫，對慧航說，解放前，這個寺廟的蛺蝶碑很有名，他小時候還見過，非常難忘。不知那塊碑現在找到了沒有？慧航不知道這事，問慧燈。慧燈說，沒找到，找不到了。主席說，竹峰就這麼點地方，能藏到哪裡去？總歸就在這山上哪裡埋著吧？慧燈不說話了。主席臨走前，對慧燈、慧航說，要是能把碑找到，一則是個文物，二則陳列起來，給大家觀摩一下前輩書法，也是一樁功德啊。說完露出遺憾的神情，就下山了。本培收拾桌子，拿起那主席的題字看了看，問慧航，就這字也能當書協主席？慧航說，他兒子是市裡某某部門的領導。這些事都是本培告訴我的。

本培悄悄跟我說，慧航這人，人是不錯，好相處，就是有一樣，官癮大。他這幾年的理想，不是什麼內修外弘、重振道場，而是當上縣政協委員。永興寺的住持法峰和尚，就當了縣政協委員。他對法峰似睡非睡地坐在會議桌旁的胖大形象非常嚮往。可是永興寺香火很旺，每年還能給貧困生捐不少錢，因此法峰名聲很好，儼然宗教界領袖。竹峰寺沒法比。慧航想，要是能找到那塊碑，一來，弄個玻璃櫃陳列起來，遊客來寺裡，除了進香，也有個賞玩的地方；二來請人打個拓本，或拍個照片，給書法協會的主席老頭送去，沒準老頭一高興，能給他說上話。提名縣政協委員，沒準有戲。

於是慧航就問慧燈。慧燈逃下山時，也三十歲了，藏石碑的人裡，想必也有他一個。起初，慧燈不說話，只是搖頭，且難得地露出非常厭煩的神色。後來被磨久了，他才開口，對慧航說，碑，是師父領著我們幾個師兄弟一起藏的。當時說好，就把碑藏在那，下山以後，誰問也不能說。慧航說，那現在寺廟不是重建了嘛，還藏著幹嘛？慧燈說，就放那裡挺好的，別動它了。拿出來，保不準哪天又有人來砸。慧航嚷嚷起來，說現在什麼時代了，誰還會砸你的碑？慧燈就不說話了。

慧航不死心，前年從春天到秋天，每天一清早就滿山轉悠，找碑。先在山溝裡找出一塊石板來，又在山腰找到一個甕，接連失望兩回，這才有點心灰意懶。前年年底，他最後找了一次，無果而歸，進門見到慧燈在那裡雕一個竹筒，自得其樂的樣子，忍不住和他吵了一架，逼問他碑在哪裡。話說得僵了，兩人一下都沉默起來。慧燈忽然劇烈地搖了一陣頭，抿著嘴，大滴大滴的淚水滾落下來。老和尚哭了。哭得無聲無息。神色很莊重，又像很委屈。慧航一下子就後悔了，也明白了慧燈的意思。老和尚對當年的承諾看得很重，是打算守一輩子的。另一層意思，他有點驚弓之鳥，總擔心從前的事會再來一遍。碑還是藏著好，誰也砸不了。慧航覺得自己之前的做法，對師兄，是一種出賣，似乎有點羞愧。第二天起，他再沒提過碑的事情。

去年一年，慧航的雄心壯志好像忽然瓦解了。可能是年紀到了，可能是山居生活改變了他的脾性。他有一天吃飯時竟然說，其實路修不上來，挺好的，人太多了，吵，也應對不過來。另一表現是他開始聽評書，《三俠五義》、《白眉大俠》、《七傑小五義》、《楚漢爭雄》。他說他自小就愛聽，揚州的茶樓、澡堂裡，都有說書的，泡在熱湯裡，聽著書，在池邊嗑個瓜子，賽神仙。多年不聽了，如今把這愛好撿起來。當然有客人來時，不好當面聽這個，沒人時聽。後來還聽上《鬼吹燈》、《盜墓筆記》了。他還會唱幾嗓子，常哼的竟然是崔健和羅大佑。他說是大學時學的，那會兒興這個，《一塊紅布》、《盒子》、《之乎者也》。黃昏時我在山上散步，聽見遠遠的一個故作沙啞（模仿羅大佑）、荒腔走板的聲音在昏暗中逼近，就知道，是慧航來了。

黃昏時我總愛在寺門外的石階上坐著，看天一點一點黑下來。想到「蒼然暮色，自遠而至，至無所見而猶不欲歸。心凝形釋，與萬化冥合」，這些字句像多年前埋下的伏筆，從初中課本上，或唐代的永州，一直等到此時此地，突然湧現。山下的村莊，在天黑前後，異常安靜。直到天黑透，路燈亮了，才又聽見小孩的嘶喊聲。本培說，這村裡有個說法，說是人不能在外面看著天慢慢變黑，否則小孩不會念書，大人沒心思幹活。我記起小時候似乎也聽奶奶說過類似的話。山區裡，古時山路阻隔，往往兩村之間，口音風俗都有所差異，但畢竟同在一縣，相似處還是較多。為什麼會有這種說法呢？天黑透了卻不忌諱，小孩一樣玩耍，大人出來乘涼。忌諱的是由黃昏轉入黑夜的那一小會。也許那時辰陰陽未定，野外有什麼鬼魅出沒？我想像在黃昏和黑夜的邊界，有一條極窄的縫隙，另一個世界的陰風從那裡颳過來。坐了幾個黃昏，我似乎有點明白了。有一種消沉的力量，一種廣大的消沉，在黃昏時來。在那個時刻，事物的意義在飄散。在一點一點黑下來的天空中，什麼都顯得無關緊要。你先是有點慌，然後釋然，然後你就不存在了。那種感受，沒有親身體驗，實在難於形容。如果你在山野中，在暮色四合時凝望過一棵樹，足夠長久地凝望一棵樹，直到你和它一併消融在黑暗中，成為夜的一部分——這種體驗，經過多次，你就會無可挽回地成為一個古怪的人。對什麼都心不在焉，游離於現實之外。本地有個說法，叫心野掉了。心野掉了就念不進書，就沒心思幹活，就只適合日復一日地坐在野地裡發呆，在黃昏和夜晚的縫隙中一次又一次地消融。你就很難再回到真實的人世間，撿起上進心，努力去做一個世俗的成功者了。因為你已經知道了，在山野中，在天一點一點黑下來的時刻，一切都無關緊要。知道了就沒法再不知道。

餘光靄靄中，我想東想西，又想到那塊碑的去向。慧航不找了，我卻對它起了很濃的興趣。山澗裡，怎麼會找到一塊沒有字的石板呢？這事相當離奇。在我的想像中，那些字潛進了石頭的內部，其實石板即是碑，那些字能在所有石頭間流轉，也許現在就藏在我腳下的石階裡，在柱礎中，在山石內，在竹峰的深處，靈光一般，遊走不定，幽幽閃動。這樣想著，我坐了很久，直到鐘聲響過，本培打著電筒來喊我回去。

夜裡山中靜極。說天黑了，其實是山林漆黑，天空卻擁有一種奇妙的暗藍，透著碧光，久望使人目醉神迷。黑色的山脊有蒙茸的邊緣，像宣紙的毛邊，那是參差的林梢。寺中很早就歇下了。燈一關，人就自然地犯睏，滿山蟲聲有古老的音節。躺著算了算日子，已來了半月有餘，沒幾天就該回去了。我在黑暗中摸到床頭的鑰匙，摸著「永安」兩個字，想，是時候把它藏起來了。

藏在哪裡好呢？清早起來，我在寺裡寺外轉悠，一面想。一個幽僻之處。一個無人知道的地方。一個恆久不會變更的所在。似乎滿山隨處都是。不對。隨處挖個洞埋起來，不會帶給我那種安適感，那種暗搓搓的歡喜，隱祕的平和。我散著步，腦中想著藏鑰匙，不免又想到和尚們藏碑。如果我是慧燈他們，我會把碑藏在哪裡呢？不，我不會埋起來的。在我們看來，知道那場浩劫只有十年，忍忍就過去了。在他們，也許覺得會是永遠，眼下種種瘋狂將成為常態。碑埋在土裡，百年後那些文字難免漫漶得厲害。是我，我不會直接埋起來。不埋，還能藏在哪裡呢？當成石板，鋪在廊下？不成，廊下鋪的盡是錯落的方塊小石板，沒有這麼長條大塊的。我踱步到碑亭下，打量那碑座上的凹槽，琢磨了好一會，忽然想起一件事，差點叫出聲來。這時他們已做完早課，本培來喊我吃早飯。早飯是粥、饅頭、炒筍乾、醃雪裡蕻、醃菜心。我邊吃邊發呆。一個念頭像一縷煙，在我心裡嫋嫋升起，盤來繞去。飯後，我和本培一同去菜園侍弄茄子，我神思不屬，差點沒把那些茄子澆死。這些天來，我恨不得山中歲月能無限延長，這一天卻盼著天黑。下午連去了幾趟菜園，要麼是本培，要麼是慧燈在那裡，輪流值班一樣。我只好等著天黑，心下焦躁。

天黑透時，我在房裡已躺了半天。出來看看，寺中一片靜，各處都熄了燈。走過慧航房門外，裡頭傳出單田芳蒼涼的嗓音。本培房間窗戶亮著綠熒熒的光，像一團鬼火。我知道那是他在玩實況足球，螢幕把他身後的窗玻璃都映綠了。慧燈的房間安安靜靜，老和尚想已睡下。院中蟲聲唧唧，此外別無聲息。我回房拿了支小電筒，換了條短褲，穿拖鞋，悄悄進了廚房，推開後門。忽然有幾道黑影從菜園裡騰起，撲撲地遠去了。我吃了一驚，隨即知道是長尾山鵲，這種鳥紅嘴藍身，有著過分華麗頎長的尾羽，膽子極大，常來菜園偷食。

鳥去後，菜園裡一味的黑，水流聲在黑暗中聽來格外空靈。我定了定神，沒過小橋，卻在岸邊坐下，把電筒叼在口中，手扶岸沿，用腳去探溪水。水涼極了。我慢慢滑下去，在溪中站穩，水剛淹到大腿。溪中半是長草，高與人齊，我用手撥開，一步步往橋洞挪去。手臉被草葉刮得生疼。鑽進橋洞時，和躲進甕中有相似的感覺。橋洞因為背陰，沒生多少草，人可以舒服地站著。

拿手電往上一照，原來這小橋是由兩塊長石板拼成，長不到兩米，一塊稍寬些，一塊窄，都蒙了層青苔。兩塊石板的縫隙間，有土，所以青苔尤為肥厚。石板搭在兩邊石砌的橋墩上。我把手電筒湊近了石板，仔細看，窄的那塊，青苔只是青苔；再看寬的那塊——青苔下有字。我聽見自己咚咚的心跳聲。用手摸了摸筆劃的凹痕，這才確信自己猜得沒錯。字跡在苔痕後時隱時現：

「……山川溪谷土地，所生卉木叢林，及諸藥草……密雲彌布，遍覆三千大千世界……雨於一切卉木叢林，及諸藥草，如其種性，具足蒙潤，各得生長……猶如大雲，充潤一切，枯槁眾生，皆令離苦，得安隱樂……」

其實事情的經過很簡單。白天我在腦中過了幾遍，有了點信心，這才等到夜裡無人，下橋洞來驗證。和尚們逃下山前，把貴重法器藏在佛肚中、蓮座裡，蛺蝶碑太大，只能另藏他處。我要不是因為自己要藏鑰匙，設身處地地推想一番，也絕對想不到碑在哪裡。看碑座上凹槽的寬度，可以估計出碑的尺寸，把竹峰寺前前後後想一遍，也只有這小橋較為吻合了。和尚們把原先的小橋抬起來，用石碑替換了其中一塊石板，再原樣放好，架在橋墩上。他們大概還在上面原樣鋪了層淺土，踩實了，弄得和菜園、廚房後門的土色一樣，橋與岸渾然相連，不仔細看，都留神不到下面是石橋。被替換出的石板，如果就近扔在橋邊，小將們見了，容易生疑，所以和尚們抬了它，遠遠地扔進南邊的山澗裡。就是這麼簡單一回事。慧航那麼聰明，卻總以為碑在竹峰上某處埋著，一來是燈下黑，二來他不理解我們藏東西時的心理。藏碑於橋，有字的一面向下，懸空著，不受土壤和雨水侵蝕；溪床裡又滿是茂草，將橋洞遮掩，隱蔽得很好。我們日日從橋上過，誰也不會想到蛺蝶碑就在腳下。

我舉頭端詳那些字跡。對於書法，我愛看，愛寫，懂得不深。只覺得那一筆一畫，看得人心中舒展。筆劃間瀰漫著一種古老的秩序感，令人心安。經文大半為青苔覆蓋，然而僅看露出的部分，就已十分滿足。寫佛經，自然通篇是小楷。結體茂密，內斂而外舒，透出穩凝，而不沉滯；運筆堅定，但毫不跋扈。寫經者極有分寸，他在雄嚴與婉麗之間找到了一個絕佳的位置，既相容這二者，又凌駕於其上。更可貴是其安分：能看出寫經者並非徒騁才鋒，一意沉浸於書道，那經文本身想必亦使他動容，因為筆下無處不透出一種溫情。字與經，並非以器盛水的關係，而是雲水相融，不可剝離。我用目光追隨著一筆一畫，在石板上游走，忽然間得到一種無端的信心，覺得這些字跡是長存永駐之物，即便石碑被毀成粉屑，它們也會憑空而在，從從容容，不凌亂，不渙散。它們自己好像也很有信心。看了很久，我站定了，閉上眼，過了一會，在黑暗中看見那些筆劃，它們像一道道金色的細流，自行流淌成字，成句，成篇，在死一樣的黑裡煥著清寂的光。我睜開眼來，心中安定。

老屋的鑰匙早放在口袋裡；這時我摸出來，在手心用力握了握，給它遞一點溫熱。然後環顧橋下，見到石碑和橋墩的縫隙間，封著一道很厚的青苔，幽綠。我將青苔小心地揭開一點，然後趁鑰匙上的一點熱度還沒消泯，把它放進去，推了推，塞實了；又把青苔小心地蓋上。於是我的鑰匙，鑰匙裡儲存的老屋，老屋的周邊巷陌乃至整個故鄉，就都存放在這裡，挨著那塊隱祕的碑。青苔日夜滋長，將它藏得嚴嚴實實，誰也發現不了。唯有我知道它的所在，今後無論身在何方，都能用想像和它接通。也許多年後我會一時興起，重來此地，將它取出；也許永遠不會。只要我不去動它，它就會千秋萬載地藏在這碑邊，直到天地崩塌，誰也找不到它。這是確定無疑的事情。確定無疑的事情有這麼一兩樁，也就足以抵禦世間的種種無常了。我這麼想著，最後凝視了一眼那道青苔，那塊碑，就鑽出橋洞，爬上岸去。

第二天早上，澆菜的時候，本培說，溪裡的草怎麼東倒西歪的，是不是山上的麂昨晚跑到這來喝水？我低頭鋤草，不接話。過了一會，本培又問我，你手臂上的道道在哪刮的？昨天還沒有。我只好扯了個謊，說昨晚肚子餓，想到菜園摘根黃瓜，太黑了沒留神，滑到溪裡去了。本培笑了我幾句。慧燈在一旁插竹竿侍弄豆子，這時抬起頭，深深地看了我一眼，沒說話。

到了該回去的日子。午飯吃過，三人送我到寺門口，一一道別，慧燈送了我一本《金剛經》，說有空時看看。慧航給了我一條手串。本培和我一道下山，待會用電驢載我去車站。路過山腰那口甕時，我又進去坐了會，蓋上蓋子，重溫一下那黑暗和聲音。本培也不催，就站在路邊等我。午風中林葉輕搖，群山如在夢寐中，杜鵑懶懶地叫。我們一前一後，走在將來的回憶中。我恍恍惚惚，又想起我的鑰匙來。我想到日光此時正映照溪面，將一些波光水影投在那碑上，光的漣漪在字跡上回蕩，在青苔上回蕩，青苔在一點一點滋長，裡邊藏著我的鑰匙，鑰匙裡藏著老屋和故鄉，那裡一切安然不動。就這麼想著，我一路走下山去，不知何時會回來。

二〇一八年七月八日—七月十一日

傳彩筆

葉書華是我們縣的作家。他是我爸的老友，我叫他老葉叔叔。我和他兒子是初中同學。

每個縣都有幾個作家。他們多半在體制內工作，業餘喜歡寫上幾筆，寫的多是鄉土風物、生活記趣、童年回憶之類，有時也謳歌盛世。他們在藝術上野心不大，下筆平和端正，但文筆往往不錯，那是一種年深日久的自我修養。老葉叔叔就是其中之一，他也寫那種老式的散文，花上兩三千字來描繪清晨散步時的遐想、公園裡一條小徑四季的變化、當知青時吃過的野菜等等。這種文字，對一般讀者來說，不夠有趣味性，沒銷路；在文學圈的人看來，又不夠有深度，太陳舊。但他的文筆尤其好，能看出對文字的溫情和耐心，我一度很喜歡看。他在縣文化館工作，散文只在地方刊物上發表過，所謂名不出閭裡。在小縣城裡，大家對這樣的人是有幾分敬意的，但也不太多，只有在家中小孩作文成績不好時，才想起有這麼一號人。

大學時我念的中文系，免不了迷過一陣子文學。我自己也寫了幾年，不得其法，明白沒有天分，於是作罷了。有一年為完成論文，我啃了好多現代派名家的作品，他們大都寫得怪誕、沉重、扭曲，用迷離的囈語架構出一種貌似深刻的東西，我看得頭疼欲裂，眩暈不已，差點就厭惡起文學來。寒假回家，我偶然拿起廁所中的一本地方刊物，看到了葉書華的名字，便睡眼惺忪地翻看起來。那是一篇描寫在鄉村一株柿子樹下觀看晚霞的散文。那些字句安寧、疏朗，如冬日的樹林。語感真是好極了，讓人不禁跟著低聲念誦起來。我一下子就看進去了，很多年沒從文字中獲得這樣的愉悅了。大學之後，我終日游走於西方大師之間，說實話，對這種鄉土刊物上的鄉土作家，是不太瞧得上的。這時，我卻像從一家重金屬搖滾樂肆虐的酒吧裡逃出來，在後巷裡嘔吐之後，聽到了天邊清遠的笛聲。

從此我很愛看他的散文。得知他有個博客後，常追著看，有時還抄錄一些段落。他的博客叫大槐宮，點擊量很少，除了我以外好像也沒什麼人看。

後來他突然不寫了。我身在異鄉，自然不知原因，在博客上留言，他也沒回覆。和我爸在電話裡閒聊時，談及此事，我爸說：「這不很正常嘛？都老了，我以前愛打乒乓現在也不打了，膝蓋受不了。」

今年九月，一個秋雨綿綿的週末下午，我午睡起來，打開電腦，無所事事地刷了一會豆瓣。想清一下流覽器的我的最愛，就點開來，一條條地刪。瞥見老葉叔叔的博客地址，躺在我的最愛裡好多年了，就順手點進去瞧瞧。竟然有一篇沒看過的博文，閱讀2，評論0。我看了一下，是篇小說。他好像從沒寫過小說。語言風格也大不一樣。我把原文貼在這裡：

我不記得談話如何開始。我不記得我怎麼來到了這裡，坐在這亭子下，聽著石桌對面的老人娓娓而談。他在談論文學。聲音很遙遠，彷彿來自晉朝的某個清晨，又像在光年外的太空艙裡同我通話。嗓音有一點沙，帶著黑膠唱片的雜音。在我生活的小城中，平日沒什麼人和我聊這個，此時和他一聊，真是痛快極了。那些沉埋在我腦海深處的觀點，像殘破的瓷片，被他靈巧地拾撿起來，合攏成一隻圓滿的碗。我正聽得入迷，忽然意識到這是一個夢。因為他引用了一句詩，這是我中學時寫在課堂筆記背面的句子，連同那本子一併遺失了，不可能有人知道。

我們坐在公園山頂的小亭子下。公園籠在濃白的霧中，彷彿與世隔絕。我的夢從山腳開始。我看見小徑邊的茶花，幾團暗紅，濕漉漉的。我先是看見花，隨後想到花是香的，香氣這才翩然而至。沿著小徑往上走時，我記起山頭上有個亭子，於是亭子的輪廓在霧中冉冉浮現。這公園許多年沒有來過，似乎絲毫未變。松樹的姿態，蟲鳴的節拍，石上青苔的形狀，甚至松果掉落的位置都未曾更改。只是霧大得有點出奇。登上山頭，見亭下站著一人。是個老人，穿著略顯破舊的燈芯絨夾克，微微禿頂，眼袋有點像王志文。他很自然地同我說起話來。我並不認識他，但也不覺奇怪。夢嘛。就朦朦朧朧地應著。雲霧漫上亭子，堪堪沒過腳面，我們像仙人般凌虛而坐。好像是他提議，我們來聊聊文學吧。我說好，聊文學。於是聊起來。

不知話題如何盤繞，他忽然說起韓愈的「小慚小好，大慚大好」，他說，無論一部作品在文學史上的地位如何，如果作者自己不滿意，那麼對他來說，這作品就是失敗的。我點頭同意，說《隨園詩話》裡有個說法，叫「可以驚四座，不可適獨坐」，不能取悅自己的文章，再怎麼讓世人驚佩也沒多大意思。他說，是的，反倒是作者越用心得意處，越不容易被人留意到。所謂「詩到無人愛處工」。我說，那就夠了，「清香未減，風流不在人知」嘛。我從沒和人聊得這麼投機過，他也很高興的樣子，他說，我覺得像你寫的「興到閑拈筆，詩成懶示人」，這個狀態就很好，介於「不示人」和「欲示人」之間，有個微妙的平衡。這時一縷奇異感讓我寒毛直豎，這年少時的詩句我早已忘記。我明白身在夢中，且想起這公園早就不存在了，山頭已被鏟平，此處現在是個商場。我回憶起睡前我在修改一篇新寫好的散文，文中試圖描寫竹林間的落日。我想寫出餘輝在竹葉間明滅不定的模樣，卻無論如何也不滿意。這些年來，我已逐漸接受有許多事物無法用文字來形容這一事實。美景當前，人所能做的只有平靜地收下這份美，連同那種無力感，試圖付諸筆墨，多半是徒勞。抛下筆，我帶著疲憊和悵然入睡。然後就飄墜進這座早已消失的公園。

意識到是夢後，周圍的一切都暗下來，行將瓦解冰消。「如果你可以……」

老人的聲音響起，又把我牽扯回來，公園亭子，石桌石凳，重又明朗。他沒來由地問：「如果你可以寫出偉大的作品，但只有你自己能領受，無論你生前或死後，都不會有人知道你的偉大——你願意過這樣的一生嗎？」

我想了想，問道：「你說的偉大，是那種孤芳自賞的意思嗎？」

「不是，是絕對的偉大，宇宙意義上的偉大。偉大到任何人看到你的作品都會傾倒、折服、迷醉。但沒有人會看到，這就像一個交換條件。」

我已到人生的中途，寫作三十餘年，自認為天分並無多少，但對文學的虔誠卻少有人及。何況，這是個假設。我故作曠達地一笑，說：「當然了。為什麼不願意？」

他聽了，點點頭，從懷中掏出一物，緩緩地說：「這支筆是你的。拿好了。」我伸出手時，發覺我的右手散發著瑩潤的光，像燈下的玉器。疑惑間，他已把一支奇怪的筆向我遞來，我接過它。過程毫不莊重，像接過一支菸。我端詳起來。這筆只略具一個筆的樣子，一頭鈍一頭尖，材質不明，卻像有虹霓在裡邊流轉不停，光色莫定，絢爛極了。又像一根試管，盛滿液態的極光。迷幻的色彩在筆桿上交疊又舒展。我盯著看了一會，似要被吸進去一般，連忙把筆插進襯衫口袋，抬頭看時，老人已無蹤影。亭子溶解在霧中，我醒來。

起床後，覺得神清氣爽，精神飽滿。回味了一番剛才的夢，我走到書桌前，拿出昨夜的稿紙。才看了幾行便已羞愧難當，我敏銳地覺察到其中的雜質、裂痕和磨損之處。笨拙得像中文初學者的習作。我把它揉成一團，在另一張稿紙上疾書起來。早飯前就完成了。我用了兩個結實的自然段就捕捉到了竹林中的落日，輕鬆地像摘一枚橘子，闡明了竹葉、遊塵、暮光、暗影和微風間的關係，刪掉了多餘的排比和不克制的抒情。如果世上有且只有一種方式能如實留存住我在那個黃昏的所見所聞，那麼方才我已然做到。昨夜我覺得滿紙字句像鐵柵欄一樣困住我，左衝右突而不得出；此刻卻彷彿在星辰間遨遊，探手即是光芒。

早飯後我把文章輸入電腦，發郵件給當地報刊的編輯，在陶醉中構思新的文章。一小時後他回了郵件。他說葉老師你是不是選錯附件了，是空白的。我再發了一遍。他說還是空白的，是不是版本問題？不祥的預感在上空盤旋。我拿著稿紙去廚房找妻子。在遞給她的一瞬間，我看到紙上的字盡數消失了，像蓮葉上失蹤的朝露。她問我幹嘛。我失魂落魄地走開，才走了幾步，字跡又布滿了稿紙。我猛然領悟了昨夜的夢境。當旁人的目光觸及，我的文章就會消失。我試著將它唸誦，卻張口無聲。我甚至用相機拍下稿紙，照片在旁人眼中依然了無一字。我暗自琢磨了幾天，認定這是一種代價，懲罰我竊取了某種祕奧（也許是倉頡的祕奧）。多年後，我覺得這更像是一道屏障，以維持宇宙間固有的平衡。我的理解是，對宇宙而言，任何形容詞都無效，宇宙既不美也不醜，因此全宇宙的美與醜應是等量的，二者之和應為零。而那支筆將擾亂這一平衡，所以只能封印在創作者的精神領域，不能落實到現實當中。當然只是猜想。

但這些都不重要。重要的是文章。我不知這狀態能持續多久，於是立即開始寫新的，或者說舊時想寫卻沒能夠寫出的文章。最初的階段大約花了兩年。我先把那座不存在的公園的一石一木都描摹出來，讓它們在文字中不朽。然後乾脆復原了整座縣城八〇年代的舊貌，所有店鋪所有面孔，聲音氣味，無不傳神。具體文字我已忘記，只記得寫得優美極了，明澈極了。有時一篇只寫一種野花，一個池塘，有時幾個自然段就寫盡了周邊的群山。你就算從未到過那個縣城，只消讀上幾頁，諸般景象便會在眼前升起，彷彿已在其中生活了幾世幾代。

頭幾年中，練習越多，我的筆力提升得越是驚人。我能精確地形容出草葉的脈絡，流水的紋理，夜半林中的聲響，月出時湖面一瞬間的閃光，露水如何滴落，草莖如何彎曲又彈起。我能工筆寫照，也能一語傳神；能鏤刻塵埃，也能勾勒出星河的輪廓。即便是少年人最微妙的情緒，在我筆下也會像摩崖石刻般展露無遺。沒多久，我就厭倦了描摹現實。讓我傾心的自然景觀差不多寫盡了，故鄉和回憶都已拓印在紙上。情懷得到滿足後，技巧上的野心就騷動起來。我意識到表達的暢快來自於阻礙和阻礙的消除，而當我的筆無往不利，思路開闊無礙，那種暢快也就不復存在，一切只是熟極而流的操作。我不得不制定更難的寫作計畫。

我先是試著寫了一秒鐘。也就是說，我寫下了這一秒鐘內世界的橫截面。蜻蜓與水面將觸未觸，一截灰燼剛要脫離香菸，骰子在桌面上方懸浮，火焰和海浪有了固定的形狀，子彈緊貼著一個人的胸膛，帝國的命運在延續和覆滅的岔口停頓不前而一朵花即將綻放……我試圖立足於有限的時間裡，來用文字籠絡住無窮的空間。用去半年，寫了幾萬字，文體難以命名。然後我又寫了一立方米。也就是說，寫了過往歲月中這一立方米內發生過的一切。填滿過它的有黑暗，海水，堅冰，土壤。一隻雷龍的嘴部在其中咀嚼銀杏葉子。岩漿在其中沸騰。雪峰的尖頂在其中生長。頭盔上的紅纓。刀劍的光芒。蝴蝶在其中迴旋了片刻。一支箭，一隻隼，一抹雲，一道閃電穿透過它。一對情侶的唇在其中觸碰，又分離。現在它就在我書桌上，被一盞檯燈的光給注滿……但這些仍不能讓我滿意，筆力得不到充分的馳騁。我明白主題並不重要，歌頌英雄的功績和讚美冬夜的被窩並無高下，重要的是主題的完成是否完美。我開始考慮文體的問題。

這幾年裡，一個我在紙上勇猛精進，另一個我在現實中卻耐著諸般苦惱。首先，我變得太過敏銳，任何感觸在我這都像洞穴中的呼喊，無端被放大數倍。再輕微的細節也印在心上，好似雪地留痕。我自己申請調去一個閒職，人際關係越簡單越好。另外是構思時的渾渾噩噩、文章寫成後的自鳴得意，這兩者我寫作多年來雖已習慣，但人間文字和天仙辭句終究不同，反應強了數倍，醞釀時如中邪，擱筆後如醉酒，我花了不少時間來適應，日常舉止仍不免有些古怪。自從那場夢後，我不再有作品示人，相識的編輯都以為我放棄寫作了，這也正常不過，中年後放棄寫作的大有人在。有一天朋友開玩笑說我是不是江郎才盡了，我恍然大悟，第一次明白了這個成語的含義。

江淹的故事傳反了。真實的故事和我們熟知的版本幾乎是鏡像。我查閱了幾本書（那些文字在當時的我眼中自然已是拙劣不堪，我硬著頭皮讀下去），很快就琢磨明白了。江淹曾在夢中得到一支彩筆，從此文采俊發，後又在夢中將筆交還給人，此後再無佳作，世稱才盡。給他筆的人，有的版本說是郭璞，也有說是張協的，這無關緊要。在我看來，真相是這樣：江淹原本就才華橫溢，傳世之作都寫於得筆之前，因此才有得筆的資格（也許他的右手也會發光）。得了那支筆後，他成了真正的天才，寫出了偉大的詩，但無法示人，因此被誤解為才盡。他也許失口對人說過那支筆的存在，世人根據他的創作經歷，曲解了故事的原委。想到自己能有和江淹一樣的遭遇和資質，我簡直喜不自禁。彩筆就在我的夢中，別在我襯衫的口袋上。我不知道給我筆的老人是誰，但我不會再把它交給任何人。

得筆的第三年，我終於著手寫一些真正不朽的東西。我意識到散文的美在於舒展與流動，像雲氣和水波，但這也注定了它的形式不夠堅固。再精緻的散文，也總有一些字可以增減。想要那種不可動搖的圓滿，只有求諸詩歌。我要寫這樣的詩歌：它的語言應是最優美的現代漢語，不應求助於古詩的格律，但音韻和結構要如古詩般完美。文筆要節制而輝煌，吟詠的對象包括但不限於整個世界。鑑於詩歌和漫長是相當程度上的反義詞，因此這不是一首長詩，而是一組詩，但每首之間相互關聯、呼應，像星體環繞著星體，水裹著水，花枝連綴著花枝。一旦我完成並記住這組詩，全宇宙就包含在我體內。所有山嶽和星斗，所有雲煙，所有錦緞和燭光，所有離別，所有帝王的陵墓，古往今來每個春天豪擲的所有花瓣，這些事物都將隱藏於我體內某個神祕的角落，並在我無聲的吟誦中逐一閃爍。

制定好計畫，就開始動筆。起初，我的腦子像一面巨大的中藥櫃，詞彙分門別類地躺在無數抽屜裡，我清楚它們的位置，熟練地抓取需要的文字，配成需要的句子。該芬芳的芬芳，燦爛的燦爛。到後來，文字紛紛揚揚從天而降，我像在雪中舞劍，總能在萬千雪花中擊中最恰當的一朵。當我要使用比喻時，我彷彿洞曉了萬物之間隱祕的聯繫，憑一個比喻就能將彼此接通。所有意象都蹲伏在肘邊，聽我號令。斟酌音韻就像編織花環一樣容易。我熔鑄月光，裁剪浮雲，掣長鯨於碧海，我統治天上的星星……

兩年後，我完成了組詩的四分之三。但問題已初露端倪。這種通靈般的寫作狀態對生活的影響，在我完全可以忍耐，難以忍耐的是寫作之後的狂喜。這狂喜無人可以分享，直到拖垮成一種疲倦。寫作誠然能帶來最澎湃的快樂，但他人的認同能讓這份快樂變得確切，從滔天的浪濤變成可以珍藏的珠玉。我確實越寫越好了，即便是現在，也已足夠偉大，但這偉大無人見證。這並非無關緊要的事。我年輕時有許多次類似的經驗：自以為寫出了傑作而狂喜，隔了些時候再看，不過敝帚自珍罷了，一場蜃樓。我穿越了一萬重蜃樓才奔走到如今，如今我確信這不是幻覺，眼前是真正的瓊樓玉殿，可此時的狂喜和當時似乎並無不同。一樣是勝事空自知。我醉，他們卻充耳不聞。有時我突然動搖起來，懷疑一切又是一場錯覺。我渴望聽到指著天邊的蓬萊幻境歡呼雀躍，所有人都視而不見；仙樂自雲中降下，唯我如癡如醉，他們卻充耳不聞。有時我甚至想，要是當初沒有得到這支筆，憑別人的評價，來將這狂喜落到實處。有時我甚至想，要是當初沒有得到這支筆，憑著僅有的一點天分努力下去，似乎也會有一個不錯的人生。我盡力寫一些還過得去的東西，得一點肯定，再踏實地寫下去。那種歡樂雖然細碎，畢竟是細碎的珠玉。

動了這念頭之後，我又開始做關於那支筆的怪夢。夢中我懷揣著彩筆，飄蕩在夜空中，幽靈一樣，俯瞰人間的屋頂。我尋找那些手指間有光的人。我能透過屋頂看見那些微光，然後飄落下去，穿進那個人的夢裡。每個人夢中的場景都不同。有的在山洞裡，有的在馬背上，有的在潛水艇中。我挨個問他們當初那老人問過我的問題。他們都表示不願意，將我請出或轟出了他們的夢。畢竟人在夢中沒法說謊和逞強。我像個失敗的推銷員，四處遊蕩。後來我遇到一個少女。她戴著圓形眼鏡，五官看起來很溫馴，但眉眼間有一點執拗。「如果你可以寫出偉大的作品，但只有你自己能領受，無論你生前或死後，都不會有人知道你的偉大——你願意過這樣的一生嗎？」我熟練地問出來。「嗯，我願意。」她有點怯怯地說。這來得猝不及防。像特工對上了暗號，齒輪合上了齒輪，我似乎聽到黑暗中咔噠一響，有什麼開始運轉起來。我把筆給了她，不捨又釋然。

醒來後，我打算繼續前一天的工作。組詩即將完成。打開筆記本，我目瞪口呆，隨即想起昨夜的夢。紙上一字也無。我只是動了不想要筆的念頭，並沒有決意要捨棄，卻已在夢中誠實地交了出去。彷彿那筆容不得一絲不虔誠。我無法形容我的懊惱。我試圖回憶那些詩句，腦中空空蕩蕩，像從群仙的會飲中驟然離席，再也想不起瓊漿的滋味和霓裳的色彩。我強行擠出了一些文字，卻無法卒讀。我把它們展示給朋友看。多年的嘔心瀝血之後，總算有人看見了我的文章，我有一種終於抵達的倦意。他們都表示讚賞，且說比我當年寫的還要好，但我並無喜悅。我像從雲端跳傘，掛在了崖邊樹上，形成了一種不上不下的風格。我領受過偉大作品的偉大，便無法再滿足於這種殘次品。饕餮過諸神的盛宴，從此人間膾炙都索然無味。我不再寫作了。當時那種通靈般的筆力蕩然無存，眼界卻似乎並未降低。我知道現在敲下的每一個字都粗礪不堪，這種折磨細小而綿長，像鞋中永遠倒不出的沙粒。我忍耐著把這個故事記錄下來。

我不再寫作，甚至也不再閱讀了，我知道真正偉大的文字都存放在我們目光無法觸及的地方，古往今來都如此。我對不從事寫作的人肅然起敬，因為他們都有可能曾經擁有，正擁有，或將要擁有那支筆，在無人知道的地方書寫各自的傑作。因此那支筆無處不在。它正在某個人的夢裡發光，從一個人的夢裡傳到另一個人的夢裡。人會死，文明也可能覆滅，唯獨它是永生的。

我並非一無所獲，我還有這些年用過的筆記本，一抽屜，一書架都是。打開來，全是空白的。但我知道，當本子閉合時，隔絕開所有目光，那些字句會重新顯現。黑暗中，它們自顧自地璀璨。我把本子放在枕下，臨睡前摩挲一番，枕著我幾乎就要擁有的整個宇宙，然後墜入日常的，瑣碎的夢中。

老葉叔叔的這篇博文發表於二〇一一年十一月，也就是他去世前兩年左右。風格和他以前的散文大不相同，我看完很吃驚。過年回家，我找了個略牽強的理由，約老葉叔叔的兒子吃飯。他兒子現在也從事寫作，算是子承父業，而且成功得多。前幾年網路小說興盛時，他在某網站寫過仙俠、盜墓、穿越和宮鬥小說，都挺受歡迎，其中一部正在洽談影視改編權。如今他經營一個公眾號，單是給電影和遊戲寫寫軟文，一年收入就很可觀了，比他父親一輩子的稿費還多。菜上齊了，我們喝了幾杯。我說起前陣子看了老葉叔叔的博文，一個挺有意思的小說。他說，是嘛？他還會寫小說？我真不知道。我以為他只會寫那種老套的散文，寫寫鄉土風光什麼的。他吃了一筷子菜，突然歎口氣，說：「你知道嗎？其實我爸去世前好幾年，腦子就有點不太清楚了。他一下班就把自己關在房裡，說在寫一個厲害的東西。趁他去上班，我偷偷翻了他的本子，你知道寫著什麼嗎？」我搖頭。「什麼都沒有。全是空白的。我都有點毛骨悚然，不敢告訴我媽。後來他好像突然好了，不悶在房裡，出去跟人下下象棋，和你爸遛遛彎，精神也好多了。誰想到心臟有毛病。」我問後來那些本子呢？「放在家裡看著膈應，清明節都燒掉了。怎麼了？」他有點奇怪地看著我。

二〇一七年十二月十六日

裁雲記

駛回郊區的大巴上，我開始覺得情形不太對勁。時值初秋，滿山草木鬆脆，涼風中有稻香浮動。田野金燦燦的，耀人眼目。水稻並非一種植物，而是從泥土中生長出的光。天藍得像一個祕密。大地起伏，山丘凝碧。這時我望見一些奇異的暗影，正溫柔地拂過稻田，緩緩向遠處綠野推移。這景象似在夢中見過一般，又像前生殘留下的記憶。一種古老的感覺升起來，心頭很是舒暢。後座的孩子問：「爺爺，那些是什麼東西？」

我在修剪站工作五年了。這次借下山採買物資，去縣城拜訪了一位老先生。從他家出來時，我滿腦子盡是那副漫長的對聯和鳳凰的鳴叫。在賓館過了一夜，我動身回去。這座縣城是灰色的，周圍是暗綠的群山。一道深灰從暗綠中盤旋而出，那是公路。路經幾個村落，村落是土黃色和黑色的堆疊。一晃而過。然後是綿綿不絕的暗綠，間雜著幾簇枯黃和赤紅。一小點白色，綴在山腰上，那就是我的修剪站。雲彩管理局下屬有很多個修剪站，遍布在城市的四方。

我的日常工作是修剪雲彩，維護機器，列印廣告，保證修剪站的正常運行。這是個很閒的崗位，工作完成後全部時間歸個人所有。站裡以前有個門衛，是個啞巴，我來了沒多久就死了。後來翻檢遺物，才知道他曾是個連環殺手，定期下山作案一次。除了我和門外石階上的青苔，站裡沒有活物。站外倒有許多，這裡臨近森林保護區，夜裡可以免費收聽各種鳥獸的吟唱。

雲彩管理局是個歷史悠久的機構。很多年前，當時的元首要來本地視察，全市如臨大敵，把街道掃蕩得纖塵不染，建築外牆全部翻修。長得歪歪扭扭的樹都拔了，重新種上筆管條直的，樹冠修成標準的圓球狀。流浪狗一律擊斃，拖走。為防止產生異味，街上所有垃圾桶不准往裡丟垃圾。元首來了。是日天朗氣清，上午九點鐘，街上人車皆無，草木肅立，重重大廈在陽光下熠熠生輝。元首背著手逛了一圈，很是滿意，對身後官員們說：「你們這個市容管理得很好嘛！街道乾淨，綠化也不錯。就是今天天上這個雲，怎麼破破爛爛的。你們看像不像一塊抹布？」官員們猛抬頭看，只見一碧如洗的天上，不知何時飄來一抹雲，造型凌亂，甚不雅馴，正懶洋洋地拂過日頭。官員們的臉由明轉暗，汗出如漿。其實元首心情挺好，不過順口開個玩笑，想展示一下風趣。元首一風趣，從此天底下的雲彩全遭了殃。視察結束，雲彩管理局隨即成立，負責管理城市上空所有過境浮雲。《城市雲彩管理條例》規定：「所有雲都應依法修剪成規定尺寸的橢圓形，邊緣為均勻的波浪形花邊，否則即屬於違法雲，我局將依法對其進行消滅。」

從那時起，所有的雲都成了卡通畫裡的樣子，胖乎乎的，看起來很溫順。語文課上，「流雲」、「落霞」這類陳舊的詞語已經很難解釋了。我所在的雲彩修剪站，位於雲帽山森林保護區的邊緣，是一座頂端圓潤、形似燈塔的白色建築。我住在塔頂，庫房在塔底，塔中部兩側各有一閘門。其實這是一台巨大的機器。附近的山谷產雲，夜裡會氤氳起滿滿一谷的雲氣，濃白如牛奶，清晨時漸漸飄出，有時一團一坨，有時一絲一縷，都是些蓬頭垢面、不修邊幅的違法雲。飄出來的雲都被吸進閘門裡，等從另一側閘門釋放出來，就成了標準的橢圓形合法雲，邊緣帶波浪形花邊，像一塊一塊可愛的餅乾，徐徐飄向城市的上空。

後來市場經濟興起，政策漸漸寬鬆，雲彩局也接一些業務，包括在雲上列印廣告。在雲彩中央挖出一排鏤空的字，雲飄在藍天上，字就是藍色的，很顯眼。雲廣告的缺點是隨處亂飄，無法定向投放，且持續時間不長，一天半天就散了。所以廣告費不貴，接不了什麼大廣告。諸如「招租135xxx」，「不孕不育，就來××醫院」之類的比較常見。也接私人業務，每逢情人節，天上就飄滿了印著「王麗紅我愛你」、「李秀珍嫁給我吧」的雲彩，頗為壯觀。廣告資訊由局裡發給我，我再輸入後台，修剪出來的雲就帶上字樣。有時一陣大風颳過，雲破了，字歪了，或兩朵雲撞在一塊，揉成了「王麗紅我愛李秀珍嫁給我吧」，這時我就緊急出動，開著所裡配的老式雙翼機，嗡嗡嗡飛到天上，往雲裡投一個化雨彈，這些亂七八糟的違法雲就「蓬」的一聲消散無蹤，重現朗朗晴空。底下則落了一陣驟雨。

山居生活我倒不覺得枯寂。捧一杯水，什麼都不做，盡日對著門前黃葉飄落，我覺得很安適。黎明時，躺在床上，能聽見青苔滋長的聲音，像黑暗中的潮水。寒夜裡我喝一點溫熱的黃酒，用收音機聽評書。我的老師去世前，將幾千冊藏書留給了我，我分幾次運進山來，按封皮顏色的深淺碼好。有時隨意抽出一本看看，有時只是摸摸起伏的書脊。我決定選一門學問作為畢生的事業，但還沒有想好。我端著那本《海洋古生物學》坐在窗前時正當黃昏，林中煙蘿小徑上鳥聲稠密。狐狸揹著包袱從山上下來。

這隻狐狸我認識，常化了人形到縣城裡玩，每有大片上映必去看。我比牠落伍多了，新任元首上台的消息還是牠告訴我的。經過修剪站時，牠抬頭對我說：「又在看書。上次叫你打牌你不來。」

我說：「你這是幹嘛去？出遠門？」

牠說：「聽說最近《阿凡達》上映了，我進縣裡看看去。一起嗎？」我說什麼達？牠憐憫地看了我一眼，搖搖頭走了。我繼續看書。

《海洋古生物學》我看了半年。在深山裡研究海中久已滅絕的巨大生物，有一種甜美的荒誕感。我並非想成為學者，只想找一處深淵供我沉溺。一些知識在腦海中沉積成珊瑚，一些則如遮天蔽日的魚群，疏密不定，轟然而散。半年後，當一隻滄龍時常橫亙在我夢中，我停止了學習。我意識到再往下研究，就永遠出不來了，深藍色的魔咒會席捲我的餘生，於是駐足不前。

接下來的三個月我開始研究建文帝的去向。我在清初一本筆記中發現了一首七言古體長詩，作者暗示其中隱藏著朱允炆埋骨處的線索。因語多涉及道家術語，我轉而研究起《雲笈七籤》，又花去幾個月。一天夜裡我從紅彤彤的夢中醒來，驚覺再看下去，我的後半生將籠罩在西元一四零二年那場大火的光焰裡，永不得脫。於是我結束了鑽研，第二天修剪完雲彩，我開始翻閱永動機的歷史。

三個月過去，詳細分析過兩百例失敗的方案後，我發現自己也動了製造永動機的念頭，再次警醒自己，停止了閱讀，將筆記本上的草圖投進爐火。於是那座銀光閃閃的、蔑視宇宙定律的宏偉機器，還未存在就已灰飛煙滅。

這些年我像在洞穴中行走。我站在分岔處，前方有許多通道，每一條都深不見底。隨手扔進一顆石子，數十年後仍傳來回聲。我知道隨便選一個洞口進去，沿途都有奇妙的鐘乳和璀璨的結晶，每一條通道都無窮無盡，引人著魔。但我就是下不了決心去選擇。總是走了一段，怕再走就回不了頭了，又畢恭畢敬地退出來。我不知道哪個最適合我，又無法逐一嘗試。選擇其一，就意味著放棄了無窮減一種可能性。於是我就在分岔處耽擱了許多時日，感受著所有洞穴向我吹來的陰風。

這天我把修剪機器調到自動模式，確定了定型液（噴灑後能讓雲的形狀維持久一些）水量充足，關上燈，鎖好門。踩著落葉下了山，沿著荒草叢生的小路走了大半天，到最近的網站搭車進縣城去。我的老師生前有一位老友，多年未見了，我突然決定去拜訪他。灰色的大巴停下，我混進灰色的人流，在灰色的路牌指引下來到那棟筒子樓灰色的院牆前。黃昏先我一步而至，樓身在院中大榕樹的枝葉間，像許多細碎的橘紅色星星。蝙蝠在餘光中低低飛舞。我上了樓。

樓梯間還是那樣破舊。燈泡上蒙了灰塵和蛛絲，牆皮剝落成神祕的圖案。一些冰涼的音符，玉石質地，從樓梯上一級一級跳落下來。是巴赫的賦格。我知道這是一個老太太在彈奏，欣喜她還活著。許多年前我來過這棟樓，我的老師曾在這裡居住。那時我還很年輕，很早之前就聽人說過，這樓裡住的都是些著了「魔障」的人。當時覺得他們挺可憐，現在則豔羨不已。樓中住戶原來都是些教授學者，後來放棄了世俗的榮譽和溫暖，在世界的某個點上鑽了牛角尖，無暇他顧，從而拋擲了一生。在外人看來就是一群魔怔了的老頭老太。有的畢生研究開膛手傑克的身分；有的一心要證明四色猜想；有的試圖復原已失傳的樂器；有的在研製柴窯配方；那位老太太本是宗教學家，在十八世紀某修道院的帳本中發現了一張古舊的便箋，上面暗示巴赫的樂譜裡隱藏著一道神諭。於是她著了迷，鑽研多年，成了傑出的密碼學家和演奏家。從精神病院出來後，原先的單位安排她在這裡度過晚年。

我敲開門。老先生見了我也沒有多驚訝，招呼我進來，握手，寒暄，倒茶，顫巍巍地將杯子端給我。他臉上有長年不曾交際的僵硬，我想他也從我臉上看到了。我們磕磕絆絆地聊了一會先師的事情，我毫無過渡地把關於洞穴的困惑告訴給他。他盯著茶杯，葉子徐徐旋轉，把水染成黃褐色。他說：「是啊，值得人沉迷一生的事太多了。像你說的，每個洞穴都充滿誘惑，難以取捨。我年輕時也在分岔處猶豫過。後來我才明白，不是所有洞口都陳列在那裡，任人選擇；有的埋伏在暗處：我一腳踏空，就一頭栽了下來，到現在也沒有落到底。」

「像陷阱一樣？我好像還沒遇到過這種情況。」

「看人了。有的人注定會掉進某件事情裡去，繞也繞不開。有的人就不會，一輩子活在洞穴和陷阱之外，一樣活得好好的。通常會更好。」

往杯中續上水後，他向我描述他的洞窟。八〇年代中期，他偶然得到博物館清出來的一卷古書。因破損不堪，缺漏字太多，語意也莫名其妙，沒人能解，就送來給他。他仔細研讀後，發現整本書是一副對聯，長達數千字。編纂者故意在上下聯中各隱去一些文字，上聯的缺失只能從下聯對應處推斷出來，反之亦然。聽到這裡，我插嘴說，可是對聯沒有唯一性啊。他說是的，這才是迷人之處。比如上聯有個詞：青山，下聯怎麼對？理論上說，只要音為「仄仄」的，帶有顏色的詞皆可。可以是碧水、白水、白首、綠樹、綠水……但如果這些字在上聯的其他部分出現過了，就只能全部排除。如果下聯的其他部分必須用到水字，那水字也不能用在此處。而且考慮到「當句對」，可能性又多了許多。比如在這聯中，青山所對的，按目前推測，很有可能是桂棹。好像不太工整？其實下聯此處是桂棹蘭舟，上聯是青山碧水。上聯兩個顏色在句中自對了，下聯兩種材質也自對了。好比「紫電青霜」對「騰蛟起鳳」，「雲容水態還堪賞，嘯志歌懷亦自如」。但這也未必是最終答案，整副對聯沒有填補完整前，之前對上的字都有可能被推翻。一次又一次地推翻。這就像一個流轉不息、無窮無盡的填字遊戲。他說他曾幻想當一個登山家，更小的時候則想做鐘錶匠；後來得到這副對聯，同時體驗了兩者：沒有比它更陡峭的山嶺，沒有比它更精密的機械。而且這些殘缺的文字裡，有雪峰上或齒輪間所找不到的，「更圓滿的安寧」，他這樣說。

我接過那本書的影印本，翻看起來，像捧著一座金殘碧舊的宮殿。他曾是知名的古典文學教授，掉進洞穴後對其他事喪失了興趣，成了一個乖僻的孤老頭子。他說，對仗是格律詩的精要，完美的上下聯自成一個對稱且閉合的宇宙，光整圓融，什麼都動搖不了。

我問他，那對出來之後呢？他雙手交疊，撫著手背上的皺紋說，不知道。一開始我只是試著玩玩，很快就被它攥住了，只知道非對出來不可。後來我搜尋到一則明末筆記，上面說對聯完整之時，會聽到鳳凰的鳴叫，同時天降清霜。一位英國漢學家曾在日記中揣測：對聯中每個字詞都來自一行不朽的詩句，無數詩篇的碎片將在對聯中隱祕地閃爍，像湖底的群星。一封民國時的手札則隱晦地說，一旦對聯閉合，就抵達了一切文字遊戲的終點，像長蛇吞食自己的尾巴，直至化為烏有：世間文字會盡數消失，宇宙恢復神聖的緘默，天地複歸於混沌。他說他也不知道這是瞎說，還是文學性誇張。但，也沒準是真的。最後他同我分享了對聯的幾處新進展，昨夜他想到或許能用「藤蘿月」來對「草木風」。茶葉在水中完全舒展開來，像魔鬼魚輕柔地遊蕩。

我下樓時天已黑透。順著巴赫的賦格一路繞下樓梯，覺得這棟樓本身就像一座迷窟，每扇門後都是一條漫長的洞穴。院中樹影和夜色重疊，黑暗更為濃稠。望不見蝙蝠了，只聽到撲翅之聲。出了院子，外面涼風似水。

次日回程的大巴上，我盡想著鳳凰叫起來是什麼聲音，半天才發覺稻田上移動的暗影。這些影子漫過原野，撫過水面，爬上山脊，一直向我來的方向奔湧而去。山川田野忽明忽暗。我抬起頭就看見雲。大朵大朵的，蓬鬆的，凌亂的，飄忽不定的雲。有的像奔馬，有的像海豚，更多的則什麼都不像，世間沒有任何事物能比擬它們的形狀。我的眼睛一會藍得深邃，一會白得耀眼。後座的小孩又問：「那是什麼？」一個蒼老的聲音說：「是雲吧。」小孩笑了：「爺爺亂講，哪有這樣子的雲。」

我這才意識到出了事。原來我不在的時候機器壞了。車一到站我就跳下去，沿著山間小徑一路狂奔，到了修剪站。進辦公室一看，座機上無數個未接來電，都是局裡的。我跑進庫房，沒一會開出來一架老式雙翼機，嗡嗡嗡就上天了。

我一看飛機錶盤，幸好化雨彈囤得挺多。將馬力開到最大，機身震顫不已，像咳嗽起來的老人家，朝那些違法亂紀的雲彩們飛去。有一瞬間，我覺得自己所做的事挺無聊。我跟這些雲無冤無仇，不僅如此，我還挺喜歡它們，此刻它們在陽光照耀下潔白如雪，邊緣染了淡淡藍光，懸浮於人世的上空，顯得雄偉、高貴、桀驁不馴。但我不能不消滅它們，否則就丟掉飯碗。一個人的求生欲爆發起來同樣是桀驁不馴的。我還想留在雲彩修剪站，繼續我的洞穴探險。我想不出此外還有什麼可做的。更何況，雲本來就該是橢圓的，我從小見過的雲無不如此。這和人必須打領帶一樣，是不需要理由的事情。這些不需要理由的事情，是文明世界的基石，不容動搖。於是我義無反顧，徑直向雲衝去。臨近，投彈。「蓬」，下了一陣若有若無的雨。

事後局裡對我進行了通報批評。局領導很生氣，在機器故障的幾個小時裡，他覺得自己喪失了對天空的掌控權，這是不可想像的侮辱。我以為我會被開除。結果沒有，局裡的同事們誰都不愛到深山去修剪雲彩，於是大家都替我說好話。最後定的懲罰是讓我繼續在修剪站待著，十年內不許申請調回。開完批評會，我再次乘車返回山裡。

車經過一個村莊，就下去一撥人。人越下越少，快到森林保護區時，就剩我和後座的大叔。忽然聽見嘭的一聲，回頭看，一陣煙霧飄散，後邊坐著那隻狐狸。牠見我回頭，先嚇了一跳，見是我，又樂了，說：「變身時效到了，我還以為前面是誰呢，一路憋著，早知道是你我早變回來了。」

我說：「又去看電影了？好看嗎？」「好看好看。不枉我大老遠跑一趟。」經過樹林，牠怕被司機看見，從窗口跳下去，鑽進樹叢裡。車到了站，我又踩著枯葉回修剪站去。

夜裡，門上響起剝啄之聲。我開了門，是那隻狐狸，牠再次邀請我加入牌局。不好一再拒絕，我就隨牠步入林中，進了一處山洞。洞裡有一樹樁，上面一副撲克，地上一隻大龜。狐狸說，我們鬥地主吧。原先牠們和一隻松鼠打，秋天來了松鼠要忙著囤過冬糧食，來不了。於是請我湊個數。當下我們鬥起地主來。我意識到每一局牌都是花色和數字的隨機排列，打上一萬局也不會重複。這也是一個無窮無盡的遊戲，可以消磨一生。我問，我們玩錢嗎？狐狸說我們哪有錢？我們賭命，計分的，一分十年的壽命。說著往我頭頂看了看，好像那裡懸浮著一個數字。牠說，你才這麼點啊，沒事，不夠了我們勻給你。老龜多得用不完。就是牠出牌太慢，你別介意。我說哪裡，我打得不好，你們得讓我一點。我搶了地主，抽出三張牌，往樹樁上扔去。

天亮時，我回到修剪站。等白色的橢圓形排著隊飄出閘門，我來到書桌前坐下。摸出一張紙來，開始在上面寫東西。我想關於洞穴的問題算是解決了。我坐在那裡，用了一刻鐘才接受了這個事實。我在紙上把有興趣的學問一門一門列出來。每門研究二十年的話，以我現在的壽命夠研究一百二十門了。我可以花上一百年在遠古的深海潛行，一百年去追蹤建文帝，再花個幾世紀去死磕永動機，剩下的時間我將在所有洞穴間從容遊蕩。我將通曉一切草木的名稱，熟知所有星星的溫度。如果掉進某個陷阱，那就死心塌地，一往無前。晨光熹微中，我的手指從一排書脊上慢慢拂過，像撫摸著琴鍵，然後停下，抽出一本，就著窗前的光亮，讀起來。

二〇一七年九月二十六日午後，十月七日改定

釀酒師

陳春醪在燒柴時打了個盹。碧粳米在鍋裡煮著，水已成淺綠，咕嘟咕嘟。童子用一條帶葉的竹枝輕輕攪動，讓水和米染上竹葉的清香。昨天夜裡，陳春醪做了個漫長的夢，醒來後就忘了夢的內容，但夢的氣味仍在，繚繞在屏風和枕席之間。他一整天都神思不屬，這會打了個盹，這片刻的睡眠接通了昨夜的夢境，像小水池接通遙遠的湖泊。他想起夢中自己是個童子，跟隨師父去黃河的源頭取水。可他明明就沒有師父啊，真是奇怪。河道兩岸土色如丹砂，空中有白鶴飛鳴。師父白鬚飄飄，凝視著水面。後面就記不清了。

陳白墮，字春醪，青州齊郡人。世稱春醪先生、大白堂主人、壺中君。二十歲開始釀酒，無師自通，當世莫及，人都說他得自天授。三十歲不到，就研製出名酒「昆侖絳」，名動帝京。釀酒的水就取自黃河源頭。他乘舟溯流而上，手持一瓢，袍袖當風，眼睛緊盯著水流，不時用瓢抄起一點水，倒進桶中。他能分辨出水中最精華的部分，捕捉最優美的波紋。一日不過收集小半桶。取水就花了九個月。這水積貯久了，就呈赤紅色，運回來釀酒，芳味無雙。這祕法沒人教給他，他自己也不知得自何處，彷彿天生就知道。本朝詩宗李若虛，喝了昆侖絳後，頹然道：「我的詩只能流傳於口舌上，最多抵達胸臆之間，春醪先生卻能以水米為辭句，以曲蘗為韻腳，所釀的詩能透人臟腑，隨血脈流遍周身，真是天下絕藝。」

陳春醪說：「先生過譽了。這酒滋味雖佳，卻算不上真正的好酒。」李若虛問：「怎樣才算是好酒？」陳春醪沉吟半晌，答不上來。他也沒喝過比昆侖絳更好的酒，但他確切地知道，曾經有更好的酒存在。

童子猶豫半天，扯了扯春醪先生的衣袖。陳春醪從瞌睡中醒來，一看爐灶，還好沒誤了火候。空氣中滿是碧粳米特有的香氣。這種米煮熟了是碧綠色的，價昂量少，極難收羅。便是豪門巨賈，不識門路也買不著。只有他的大白堂能用碧粳米來釀酒。米熟了，在晾堂裡攤鋪開來，待涼透了才能用。米香中有竹葉氣味。這種味道在成酒後極淡極淡，尋常人飲用時只覺得有點清爽之氣，當世只有幾位酒中方家，才能從杯中嘗出露水的記憶和風的形狀。

祕制的麥曲餅研磨成粉後，已在玉泉山寒松澗擔回來的水中浸泡了三天。再取出瀝乾，放進甕中，傾入北辰嶺百年以上的積雪煮成的清水。這只大甕出自建窯名匠之手，製成後七載，從未盛放過他物，再填滿松毛，靜置三年，以去煙火氣。這日午後水面開始冒出極細的氣泡。陳春醪沐浴更衣後，開始投米。涼透的碧粳米，香軟之極，用手抓起一把，溫柔地灑入甕中，一次只一把，投了三斗，花了一下午。靜置一夜後，第二天繼續投米，五斗。夜裡甕中發出奇異的聲響，像有人在山谷中吹塤。隔了三天，第三次投米，投一石。這時往甕中瞧瞧，裡邊像凝碧的深潭，水中有細小的熒光幽幽旋動。最後一次投米之後，處置完畢，用荷葉蓋住甕口，糊上黃泥。荷葉一定要用當天採的，黃泥淘過九遍，極細膩。接下來的事就交給時間。這是陳春醪最不喜歡的部分。他常常懊悔自己不當個畫工或木匠，整個作品從頭至尾，都是自己一筆一刀弄出來的，不假外物。釀酒師和窯工相似，最後一步要麼交給時間，要麼交給火焰，無法親自掌控，真是令人焦躁。

封口之後，一般人要焚香祝禱。其辭曰：東方青帝威神，南方赤帝威神，西方白帝威神，北方黑帝威神，中央黃帝威神，某年某月某日某辰，敬啟五方之神：主人某某，謹造某酒若干。飲利君子，既醉既逞；惠彼小人，亦恭亦靜。酒脯之薦，以相祈請，願垂神力，使蟲蟻絕蹤，風日相宜……

陳春醪從不做這些。他認為釀好釀壞是自己的事，不喜歡別人（包括神靈）插手。

整個釀酒期間，甕都在鳴叫。起初甕聲甕氣，像塤；後來清亮如笛聲，有時淅瀝如急雨；夜裡像某種動物的哀嘯。大白堂附近人家夜夜都聽得見，淒婉之極，婦女聽了常忍不住哭起來。三個月後，聲音才漸漸平息。這說明酒麴的「勢」盡了，酒已熟。

開甕那天，李若虛來了，陳春醪請他第一個品嘗。酒名老春，酒色青碧透亮，濾過一遍，仍是極稠，盛在杯中如柔嫩的碧玉，微微顫動。眾人圍觀下，李若虛小心地捧起，喝下。閉眼沉默許久後，他說，好像有月光在經脈中流淌，春風吹進了骨髓。他說自己平生遊宦海內，所歷風霜苦楚無數，此時彷彿都被洗滌一空。酒是試釀，只有幾壇，當下被嘉賓分酌殆盡。陳春醪自己留了一壇。賓客中有一位是海外萬憂國來的客商。萬憂國人生性多憂慮，容貌特異，矮若侏儒，無論老幼，全身皮膚都是皺巴巴的。這位商人喝了老春酒，頓時大哭起來，眾人不明所以，看他哭了大半日，像擰乾了水一樣，身體漸漸舒展開，皮膚平整起來，人也伸展成常人高矮，成了一個體面的富家翁模樣。問他感受如何，他想了一會說，明明讓人發愁的事全都還在，卻覺得沒什麼好愁的了。心上像髒桌子被抹布抹了一遍似的，乾乾爽爽。他生平第一次哼起歌來，蹦跳著揚長而去。

眾人紛紛向陳春醪祝賀傑作的誕生。陳心中卻想，這還不是最好的酒。應該還有更好的。

苦思月餘之後，他開始著手研製新酒。老春酒的成功大半在於材料器具的珍貴精良，其中包含了很多偶然。這一回他決心要造一種不爽毫釐的酒。他在竹筒內部刻上很多道細細的標記，用來量取水量。他花半年親自製作了一種刻漏，用以計時，比大內名工所制的還要精準。每一根木柴的形狀都經過挑選，每一簇火苗的顏色都關乎成敗。所用不過是尋常的水、米、麥，但配製的比例臻於完美，每個步驟的時間拿捏得妙到巔毫。酒漿流過極長的蘆葦稈，滴落進壇中，半個時辰只得六滴。經過他精心設計和無數次演算，九千九百九十九滴之後，不再有酒流出，罎子恰好齊口而滿。

這種酒他造了兩壇。酒名真一，色如琥珀。其中一壇被進貢給聖上。此時春醪先生的名頭早已傳進大內，當今聖主飲用了昆侖絳後讚不絕口，派人詢問可有新作問世。於是只好將一壇真一酒獻上。聖上已年近花甲，滿飲一杯後，白髮紛紛脫落，頓時青絲滿頭，紅光生頰，恢復了盛年面目。聖上大喜，說朕只能統領壺外的江山，壺中的天地盡歸你管。這就是壺中君稱號的由來。聖上正待將御用的紫霞杯和九龍玉壺賜與春醪先生，這時一旁傳來啼哭之聲，眾人一看，原來張貴妃貪飲了幾杯，竟變成了嬰孩。

領了賞賜回到家宅，陳春醪在院中步月良久，心中琢磨，老春酒能抹去煩憂，真一酒能抹去歲月，但總覺得未盡其妙。他呆立了半夜，直到鬢邊衣上都沾染了濃霜。第二天就病倒了，在昏迷和囈語中熬過了冬天，春天病癒之後，他來到酒窖，又開始研製新酒。

這次他依然用尋常的材料，只求潔淨便可。制曲時不再用模具，他直接用手將曲料揉成餅狀，隨便地疊在一起。晾多久，曬多久，摻水幾升，研磨成多細的顆粒，米如何蒸，投米幾次，一次幾何，全部隨心而為。沒有法度，他自己就是法度。過往歲月中的經驗凝成了鋒銳的直覺，除了直覺他無所憑依，任意直行。他造酒之時，一舉手一投足都好看極了，都合乎節拍，行雲流水，洋洋灑灑，輕快舒暢，像一種舞蹈，自身生出韻律。他一邊投米，一邊低聲哼唱。封口後，壇中如鳴佩環。等罈子安靜下來，他拍開泥封，將酒倒在粗瓷大碗中，潑灑出不少。酒呈乳白色，盈盈如雲氣，像隨時要飄騰而去。對面坐著的李若虛急不可耐，端起碗來一飲而盡。剎那間，一種純澈的歡樂流遍他體內。過了一會，他若有所失，才發覺已記不起自己的名字。非但他記不起，陳春醪也忘了，所有原先知道他名字的人都忘了。但他並不覺得苦惱，反而有種前所未有的輕鬆。他唸了兩句詩：「醉後不知名與姓，生前全付酒同詩」，便不顧陳春醪的呼喊（陳也不知道該喊什麼名字），歡呼著踴躍而去。

後來他在南方創立了一個沒有名字的教派，但也不叫無名教，教義宣稱名字是人生煩惱的根源。萬物本都沒有名字，山便是山，虎便是虎，只有被占據的地方、被馴養的鳥獸方有名字。人便是人，姓名徒增累贅。抹去了名字便如摘除了枷鎖。教徒們冥思終日，力圖提升自己的修為，好達到忘記名字的境界。教眾日多，數年後被官府剿滅。匪首不知去向，原本要通傳各州府緝拿，因他沒有名字，緝捕文書不知該如何寫，遂不了了之。聖上有些不悅，下令陳春醪今後不准再研製這種怪酒。

此後一年，陳春醪足不出戶。家人也不知他每日在酒窖中忙些什麼，只覺他身上散發出一種奇異的濃香。童子每次進去掃地，見他也只是呆坐。「師父，該吃飯了。」「知道，你先去吧。」第二年春天，他突然老了很多，恢復了正常的生活，有時也會上街轉悠。人們紛紛傳說，他的酒已經釀成，只是祕不示人。一天夜裡，一夥好事的世家子弟，翻牆潛入陳宅，到酒窖中偷了一只罈子出來。罈上貼著「大槐」字樣，酒漿黑乎乎的，像芝麻做的。眾人坐地分飲，酒一沾唇，都跳起來歡呼舞蹈，好像快活之極，然後突然倒下死去，死狀極其歡喜。衙門查明此事原委，派人提了陳春醪去公堂，陳春醪說，這壇中原本只是清水。我對著它日夜冥思，設想制酒的種種步驟，放進虛無之曲，投入烏有之米，靜候了不可計量的時辰，直到它真正變成了酒。這是極好的酒，只是人的微軀配不上它，因此享用後丟掉了性命。畢竟是死者自己偷了酒來喝，咎由自取，怪不到陳家頭上，官府便放他回去，遣散了苦主。

這天夜裡，陳春醪叫童子到自己房中來。童子見桌案上擺著五只酒缽，一個空壇。陳春醪說，這些年師父光顧著自己鑽研酒道，只讓你在一旁做些雜活，沒教你什麼東西。最近我悟出了一些道理，這就說給你聽。有個故人，我忘了名字，說酒是水釀出的詩，誠不我欺。你知道詩有起承轉合，酒亦同此理。我這裡有昆侖絳、老春、真一、大槐，還有一種沒名字的酒。酒分五色，青紅白黑黃，暗合五行。現在我要試著將它們調和起來。

陳春醪說，黃為土色，土居五行中央，以土為基底。說著他往壇中倒入金黃色的真一酒。其餘四色對應四方，又合春夏秋冬之色，各含起、承、轉、合之相。曼妙的開頭，宏大的承接，玄妙的轉折和虛無的收尾。春屬木，色為青。他倒入碧綠的老春酒。夏屬火，色紅，說著倒入赤紅的昆侖絳。秋屬金，色白。倒入乳白色的無名酒。冬屬水，色玄。倒入黑色大槐酒。五種顏色在壇中彼此追逐、排斥、交融。壇中一會傳出戰陣殺伐之聲，一會如奏仙樂。一會又像在絮絮低語。最後歸於寂然。

陳春醪緩緩揭開封口。童子湊過頭往裡瞧了瞧，說師父，裡面什麼都沒了。陳春醪揮手示意他退開些，將壇口慢慢傾倒。一些透明的物質，與其說流出不如說飄出了罎子。非水非氣，注入杯中，近乎空虛。隔著這物質看杯子，形象有些扭曲，像空氣的漣漪。陳春醪毫不思索，端起杯一飲而盡。童子緊張地端詳他的臉。片刻後，他的皮膚透明了，全身像被剝了皮一樣紅豔豔的，內臟清晰可見。再過片刻，只剩一副坐著的骷髏；骷髏隨即也消失了。童子在一瞬間明白：這酒抹去了他師父的存在。下一瞬間，他忘了他有個師父，看著面前空空的酒具，不明所以。

陳春醪的家人也忘了他，彷彿這人不曾存在。可這家宅和產業總有個主人吧，主人是誰，誰也想不起來。有關他的記憶全都陷入一片蒼茫，像山脈在某處被雲霧截斷。童子離開了這座宅院，開始浪遊天下。後來也以釀酒為生，釀酒的門道，上手就會，不用人教，如有宿慧。最後不知所終。

那只盛過五種酒的罎子，輾轉多處，後來被大食國一位商人收藏。據說裡面有無盡的黑，能看見瑰麗的星雲。凡是往壇中看過的人都癡了，從此對世間事不屑一顧。這只罎子最後出現在一次越洋航行的乘客托運物品清單上，在一場風暴中，隨那艘船沉入海底。

二〇一七年十月二十一日

《紅樓夢》彌撒

楔子

萬曆十四年的春夜，宮中出了件異事。這晚明神宗夢到一隻白鶴飛落在景陽宮東北角的槐樹下，化作一個跛足老道，繞樹行了一圈，盯著地上一處說：「有了！」便伏下身去，以手刨土。神宗在暗中瞧見，喝道：「什麼人！」老道聞聲，回頭一笑，又化作白鶴，拍翅而去。次晨醒來，神宗覺得此夢有異，命近侍去景陽宮那棵槐樹下掘土，掘出一個石盒來，盒中盛著一隻玉杯，光彩詭麗，杯中如有煙靄流轉，不似人間之物。召來文淵閣大學士申時行詢問，申時行說，相傳洪武年間帖木兒曾遣使進貢一杯，名曰照世杯，光明洞徹，聖人照之可知世事，舊藏宮中，後來失落，不知是否此物。神宗愛不釋手，某夜於月光下把玩，窺見杯中幻景，驟然領悟了造化的真相。其後數十年，他通過孜孜不倦的懶惰，終於動搖了帝國的根基，讓大明走上衰敗之路。史書直書：「明實亡於神宗。」病逝前，神宗在幻覺中看到無數異族騎兵從帝國的缺口蜂擁而入，一名曹姓男子的面孔在人潮中閃現。他知道一生的隱祕使命已經完成，便欣慰地死去。

一

全面勝利後，一處位於桃止山內部的祕密監獄被我軍發現。工程幾乎掏空了山體的大半，入口卻十分隱蔽。這座岩石堡壘用於關押焦大同時期未經審判的特殊犯人。幾百個洞窟的門被逐一打開時，將近一半的犯人已經死去。四八七六年十一月，一個秋天的午後，我接到指令，從歡慶和平的遊行隊伍中抽身離去，駕著飛機一路朝東。降落在桃止山前已是日落時分，桃紅色的岩壁被殘照染成鐵銹色。衰草當風，一派荒涼。接管此地的軍官領我進入資料室，將所有文件移交給我。晚飯後翻閱囚犯檔案時，一本尤其厚的，以「HXH」為標題的檔案引起了我的興趣。犯人的姓名已被抹去。出生年份那一欄寫著一九八〇年，如果這不是記錄員的失誤，那麼此人就是地球上現存最長壽的生物了。我想起聽過的一則傳聞：大約六十年前，有個叫陳玄石的古代植物人在博物館中突然蘇醒。醒來後他寫了一部小說，獻給當時在任的寰球總統焦大同。焦給予了極高評價，新聞報導，當時民眾爭相搶購。然而我稍微調查了一下便發現事實並非如此，這本書只印了一版，大部分強行發放給在校學生，並不受歡迎，如今一本也沒殘留下來。此後再沒有關於陳玄石的任何報導。我查到了那冊書的出版時間，和無名囚犯檔案上的入獄時間只差了半個月。

在一間昏暗潮濕的石室裡，我見到了那個年邁的犯人。他的臉龐大半埋沒在汙穢不堪的鬍髮下，眼睛也幾乎瞎了。我希望從他口中得到一些久已湮沒的史料。他神情恍惚，過了很久才答話，像剛從遙遠的別處飄回身體裡。說話還算順暢，不像長年獨處的人，也許是慣於自言自語。他說：「我的記性越來越差了。現在只記得兩個故事：我的一生和一本小說。前一個乏善可陳，被歲月磨損，已經漫漶不清了；後一個無與倫比，在暗中不停生長，但還未完成……」比起那本不知名的小說，我表示更願意先聽聽他的經歷。談話多次因他的身體狀況而中斷，共進行了七天。以下是根據當時的口述整理成的文字，為保持原貌，並未對其中的謬誤、脫漏和時間線的前後錯亂進行修正。

1

早飯後，一個舉止文雅的年輕人來到床前，親切地問我今天精神如何，方便的話能否接受詢問，他們想了解一些我們那個時代的事情。我說好，便隨他走出病房，向長廊盡頭那扇門走去。長廊銀光閃閃，牆上的裝飾很有科技感，像太空艙的內部。沒有窗戶。我一面走，一面想：我能說什麼呢？我會唱一些可能已經失傳的流行曲，近距離見過一次陳奕迅，會背兩百多隻口袋妖怪的名字——也許最後一條最有價值，我想，因為我在博物館的二十一世紀展廳醒來時，發現旁邊的展櫃裡是一隻皮卡丘的手辦。沒準它已經成了麒麟一樣的神物了。此外，對於我那時的國際格局如何動盪，金融體系如何運行，我幾乎一無所知。或許我能用唐魯孫的語氣談談過去的食物。

一進房間，兩個發現讓我不禁目瞪口呆：一，這房間的裝潢分明是審訊室；二，審訊室的樣子幾千年來竟沒變過樣。一面大鏡子占據了幾乎整面牆，我知道背後有人在看我；牆面用的是隔音材料；鐵桌上放著一盞強光燈。他們讓我坐下。幾張臉隱沒在白光中。光線刺眼，我側過頭，看見鏡中自己清瘦的臉——我原本是個胖子，他們說我是活活睡瘦的——覺得一切宛如虛幻，像在看別人主演的電影。接下來的事讓我始料不及，彷彿一場噩夢。一個人冷不丁地問：

你看過《紅樓夢》嗎？

啊？看過。

看過幾遍？

一兩遍吧。

一遍還是兩遍？

高中時看過一遍。大二時重新看了一些章節。

他們好像很激動。一個人快步出去，門都沒關好，我似乎聽見外頭一陣壓低聲音的歡呼。帶我來的年輕人鄭重其事地說：你能否複述一遍？我以為是要我重複剛才的話；他打斷了我，我這才明白：他們要我複述《紅樓夢》。我表示這不可能，那是一個千頭萬緒的故事，何況隔了這麼久。他們好像早有準備，幾個人過來按住我，把一個機器戴在我頭上。一道電流貫穿了我的左右太陽穴，像有無數條金色小蛇在腦子裡亂躥。這樣可以幫助你記憶，他們說。疼痛讓我嘶喊起來。他們喝道：集中注意力，想著《紅樓夢》！我似乎看到一些樓台亭榭在雲煙中浮動，一群男女穿行在花木間，他們調笑，歎息，咒罵，念一些精緻的句子，神經質地抽泣，在大雪中消失……我囈語般吐出了一些詞：女媧，道士，賈雨村，石頭，溫柔富貴鄉……直到我暈死過去。

電了我幾天後，他們終於確定我無法有條理地複述整本小說，連梗概都說得七零八落，就開始逼另一個問題：《紅樓夢》的中心思想是什麼？我說不知道，有中心思想嗎？他們不信，說在你們的時代《紅樓夢》是中學生必讀書目，關於它的研究也不計其數，一定有人提出過。哪怕是猜想也好。那個年輕人和藹地說，這樣和你說吧。《紅樓夢》已經失傳了，現在只有一些殘片散落在民間。它失傳的過程不太尋常，因此有些人把它的地位捧得很高，甚至有些非法團體拿它當《聖經》。上頭希望借助你的力量，復原《紅樓夢》，當然要在盡量保持作品原貌的同時加以修正，去其糟粕，注入新時代的正能量。這項世紀盛舉一定能大幅提高總統的支持率。哪國總統？我問。寰球大總統，年輕人說，現在看來這個難度很大。我們只能根據你提供的一些角色名字和情節碎片來撰寫新的《紅樓夢》了，現在這事由專家組在做，不用你操心。你接下來的任務是回憶《紅樓夢》的中心思想。我大惑不解地問為什麼？他猶豫地看向另一人，那人說，告訴他吧。年輕人便說，有一定證據指出，《紅樓夢》中可能隱藏著一套理論、一條公式或一句至理名言，有人認為，如果把它運用到治國理政、經濟建設和科技發展中去，也許能發揮出戰無不勝的奇效。不管是不是真的，上頭現在要求我們把它從你嘴裡掏出來，所以，請盡量配合一下。說完又按下了電流器的按鈕。

金色小蛇的啃噬讓我在痛楚中隱約記起中學時看過的半句話。我斷斷續續念了出來：揭示了腐朽的封建社會必然滅亡的命運……不知道為什麼，他們聽了勃然大怒，像被踩到了尾巴，說我胡說八道，加大了電流。我再次失去知覺。

2

第一次見到她時，我想，美這東西真是打通古今，千秋不易。秋水、白玉、芙蓉、霜雪這些古老的比喻此刻在她身上似乎仍是溫熱的。她進來的同時房門在她身後無聲地關上。一身鐵灰色的軍裝和她的姿容產生一種不協調的美感，像花枝插在廢墟上。她走到我跟前，把手提包放在一邊，開始脫衣服。我猜到他們的企圖了：《紅樓夢》失傳了，美人計還沒有。千年的沉睡和幾天的刑訊後，我的本能似乎已被身體遺忘，這時才彷彿冰河初融。我開始解自己襯衫的紐扣，一邊擔心要是她讓我在事前先說出《紅樓夢》的中心思想，那該如何敷衍，卻見她的軍裝下是一身樣式怪異的緊身衣，怎麼看也不像情趣裝扮，倒像潛水服。她白了我一眼，說，眼睛老實點。我是來救你的。我瞪大了雙眼。她蹲下身，看著手腕，那裡浮現出一個類似錶盤的圖像，然後打開提包，拿出一支口紅，在地上畫了個圈。我疑惑地看著，只見紅圈瞬間變成了黑圈，且冒出嗆鼻的煙霧。她站起來，一跺腳，一整塊圓形的地板應聲而落。刺耳的警報聲不知從哪裡響起。門外傳來哐哐哐的腳步聲。我小心地探頭往下看：下面碧波起伏。我這才明白原來這些天我在一艘飛船上，這時正飛過一個湖或者海。她抱住我往下跳。我想，如果這是夢的話，加速下落會讓我醒來。然而她髮絲拂在我臉上的感覺卻如此微弱而清晰。正想著，忽然周身一涼。

3

說家產是我一個人敗光的並不公正，其中也有祖父和父親的功績（願他們安息）。二〇〇八年那場金融危機提前終結了陳家搖搖欲墜的奢靡。為償還債務，我不得不出售遊艇、飛機，乃至於拍賣家族世代居住的莊園。清點宅中藏品時，穿行在那些自幼熟識的琳琅器物間，真有垂淚對宮娥之感。遊目四顧，一隻白玉匣引起了我的注意。它擱在黑檀木大座鐘和鎏金銅香爐背後的陰影裡，那樣式是我不曾見過的。拿在手中已覺一陣冰涼，開啟時，芳香和寒氣一併瀉出。裡邊是一隻綠瑩瑩的小瓶子，鼻煙壺大小，看著倒像風油精。盒中另有一張雲紋粉蠟箋，上面幾行簪花小楷顯是祖父的手筆：「購於一九五〇年秋，據稱得自太行山西麓石室中，成分不明，疑是所謂中山酒。曆千百年，恐已變質，不可飲用，僅供賞玩。陳樵翁。」瓶蓋看來十分嚴密，但仍有一縷藤本植物略帶苦澀的濃香逸出，令人舌底生津。貪圖享樂的紈綺性子和破產後的心灰意冷綜合在一起，驅使我擰開了瓶蓋。瓶中物已凝成果凍狀，一吸之下，便消融在口中。一道涼意貫穿了我。隨後我恍恍惚惚地看見青苔在地毯上奔流，松蘿從吊燈上垂落，幾隻麋鹿跳過來，在我腳邊吃草。忽然地面軟軟地下陷，牆壁向我撲來。失去意識前，我最後見到的畫面是天花板上繁複而對稱的紋飾。

4

月亮出來了。銀杏枯葉的香氣似有若無，聞起來像陳舊的書紙，令人安適。我在這氣味中睡了一會兒。醒來時眼前一片金黃的暗影，其間清輝點點，我迷糊地辨認出那是月光，被上方的銀杏樹林、林下的落葉篩過兩遍之後，疏疏地灑落，細如白露。她的呼吸聲就在身旁。我們並肩躺在厚厚的銀杏落葉下，不知過了多久，直到她低聲說，可以上去了。於是我們從落葉堆裡爬出來，拍打掉身上的枯葉，在朦朧的光影裡，她領我向林深處走去。

這個叫龔春寒的女人幾小時前把我從水裡拖出來，我沒想到水流這麼猛，饒是會游泳，也嗆了幾口。我們鑽進岸邊幽深的雜木林中，一直往山上跑去。她說剛才那條叫急流津的大河下游有十二條支流，她特意選在分叉處跳水，現在他們應該已經分兵沿各條河道搜索了。我跟著她繞過密林，爬上一處濕霧繚繞的山頭，又在岩澗裡徒步走了一個鐘頭，眼前轉出好大一片金燦燦的山嶺。附近幾座山都長滿合抱粗的大銀杏樹，落葉淺處齊膝，深處直沒至頂。她似乎對路徑很熟，鹿一樣靈巧地在林中奔走，我緊跟著她，還是一不小心就陷沒下去，手劃腳蹬，越陷越深，她只好不時停下，回身把我撈上來。暮光中，忽然從天際傳來一陣隱隱的振翅聲，她扭身撲向我，我們一齊栽倒，沉沒進落葉深處。我剛要掙扎，她在我耳邊低聲說：別動，別出聲。是青鳥。什麼鳥？鳥形的無人偵察機。我們一動不動躲到天黑。我想，這樣的荒山之夜，和這樣一個女子獨處，簡直是《聊齋》裡的情節。這幾天經歷的事太過荒誕，要是她一會告訴我她是狐狸，我大概也不會有多驚訝。就這麼胡思亂想著，直到困意席捲了我。銀杏葉子淡淡的香氣，和周身微一動彈時發出的鬆脆聲響，讓人覺得自己彷彿正睡在一本舊書裡，像一張被遺忘的書簽，誰也找不著我。所以她叫我起來時，我不太情願，磨磨蹭蹭。她在上面喊了兩遍，我才伸出手來，她把我拽了上去。

又走了半小時，林子漸行漸密，月光已細若銀弦，在林間斜斜插落，四下森冷起來。一隻鳥咕咕地叫著，忽遠忽近。不時有落葉飄墜，影子穿過月光時，微微一閃。我們像在落葉的河流裡涉水而前，腳下簌簌地響。眼見這片銀杏林盤踞的山嶺綿延無際，我忍不住說，沒想到現在生態環境這麼好了。她淡淡地說，因為二戰後人口少了一半。二戰？二戰不是早結束了嗎？我驚道。第二次星球大戰，她說，三十年前結束的。不過我們擊退了外星殖民者，重建了一切。到了。她突然停下腳步。

前面是林中一片稍顯開闊的空地。我們已經到了樹林最深處，四周的銀杏樹幹異常高大，彷彿一直延伸到鎏金的天空裡去了。只有月光所及處，還有些葉子閃亮著，此外整座森林黑沉沉的，像金漆剝落的殿宇。她走到一株銀杏前，敲了幾下樹幹，湊近樹幹上一個齊人高的小孔，輕聲說：「帶回來了。沒發現追兵。」小洞裡傳來一個低啞男聲，把我嚇了一跳：「清夢聊聊，寶鼎茶閑煙尚綠。」襲春寒應道：「斜風故故，幽窗棋罷指猶涼。」我感到腳下一陣輕微的震動，看那片空地時，只見滿地堆積的落葉居然慢慢隆起，像一個沙丘，隨後葉子向兩邊滑落，現出一座明黃琉璃瓦的重簷屋頂來。屋頂緩緩上升，直到一整座寺廟在我們前面赫然升起。銀杏葉子不停沿屋頂兩側流瀉而下，像落了一陣黃金雨。我抬頭看那寺門上的黑漆牌匾，寫的卻不是某某寺，而是：黃葉村。

寺門開了，一群人影迎了出來。

5

《紅樓夢》的消失，幾乎從它剛完成的一刻就開始了。八十回後的部分，作者在世時就已遺失，兩個叫脂硯齋和畸笏叟的神祕人曾閱讀過手稿。在我們那時代，同時流傳著《紅樓夢》的多個版本，各版本間存在局部的差異，這一現象被稱為紊亂。消失似乎是在紙上、電子文檔裡和人的記憶中同步發生的，暗中進行了幾個世紀。這一階段稱為彌散期。幾次戰亂加速了這一進程。一戰後（第一次星球大戰），因文句的大量缺失，《紅樓夢》已艱深難懂，當局決定補寫《紅樓夢》，並借此機會刪改其中一些消極的觀念和病態的傷感，讓它成為一本宣揚盛世精神、催人奮進的經典。當時著名的學者和作家組成了專家團隊。後世學者認為，這一舉動直接促成了《紅樓夢》的大破碎事件。重寫計畫啟動的當晚，許多家中藏有《紅樓夢》的人聲稱，深夜時分，書架上傳來了一聲瓷器開裂般的脆響。第二天，所有《紅樓夢》的文本上，只剩下一堆淩亂的偏旁和筆劃，像千軍萬馬的殘骸。

其後的漫長歲月裡，曾出現過幾次《紅樓夢》的小規模復蘇，或稱迴光返照。大破碎之後五十年，一塊翡翠原石被剝開，工匠見到翠綠的面層上有八個淺淺的篆文，像遠古時就生長在那裡一樣：「不離不棄，芳齡永繼。」也有人認為是紅學會暗中做的手腳，好宣揚《紅樓夢》的神蹟。十多年後的一天早上，動物園裡一隻熊貓突然拔出口中的竹筍，對面前的遊客說道：「這個妹妹我曾見過的。」然後繼續若無其事地吃筍。儘管許多人認為是幻聽，這隻熊貓還是接受了詳細的檢查，結果全無異狀，此後也只會嗯嗯地叫。差不多同一時期，一名宇航員在冥王星表面的冰層上行走時，見到一處冰面上有一片不規則的白色裂紋，他拍了照。回來後，將照片上的紋理用筆連接起來，很像一行歪歪扭扭的漢字：「早知道都是要去的，我就不該弄了來。」當時尚在世的、生於大破碎前的幾位高齡老者，聲稱似乎見過這些句子，也許來自《紅樓夢》，但並不確定。這些語句的出現不可預測，不可捉摸，像是從萬物的深處冒出來一樣。有人相信這是《紅樓夢》復興的前奏，像幾絲翠意從森林的灰燼裡招搖而出；但事實證明，那不過是宏大樂聲消歇後的迴響，因為此類事件後來漸漸不再發生。

而那些宛如神諭的話語則被心記、口傳、手抄，最後以殘片的形式祕密流傳於世，曾引起當局的警覺，一度被查抄、焚毀過。不准民間私自討論、研究、崇拜《紅樓夢》的禁紅令就是那時頒布的。

6

燕同杯獨坐在客廳，拿一隻蓋碗喝茶，見我來了，便問：「怎麼起來了？睡不著？」我說：「剛剛好像地震了。」奔走了大半天，我早就累得不行，一到寺中客房，才沾枕頭就睡著了。不知睡了多久，忽覺床板震顫了一陣，隨即平息。醒了便睡不著了，索性四處轉轉。燕同杯說：「不是地震，基地剛啟動時會有些震動，現在正常行駛起來就平穩了。」他說這個寺廟其實是地下航母，能在土地中游走潛行，有時浮出地面偽裝成荒山野寺，順便換氣，大部分時間都在地下移動。頻繁變換位置是為了安全起見。電我的那夥人一直沒有停止對紅學會的追捕。燕同杯是紅學會的副會長，這人是張混血臉，但氣質是中國式的儒雅，有點陳道明的範。其他人襲春寒也都給我介紹過了。會長叫洪一窟，是個獨眼老人。祕書長是李茫茫，一個和藹的胖子。航母由兩個和尚駕駛，大家叫他們木機長和灰副駕，法號是本木和本灰。幾個理事多是女的，有：張渺渺（李茫茫之妻）、麝星、檀煙、焚花，可能是化名或代號，我一時還沒把名字和人全對上號。他們說這些只是基地的常駐人員，其餘會員還有很多，平時都潛伏在外，各自有偽裝身分。龔春寒告訴我，紅學會在三十二世紀後因受到迫害，轉為地下組織。類似於明教或天地會，我想。

燕同杯給我倒了杯茶，我嘗了嘗，味道和我們那時不大一樣，略甜。我們聊了一會，聊到我昏睡的事，我說，好像是喝了一種奇怪的藥酒。「中山酒，」他點頭道，「據說剛釀成的喝一次能醉上三年，你喝的大概是高濃度的陳釀。」他說這幾千年裡，我的新陳代謝十分緩慢，類似於冬眠。我先是在某家醫療機構裡躺著，他們定期給我注射營養液，對我做研究，希望復原中山酒的配方，但都失敗了。幾十年後機構破產，我被非法賣給一個收藏家，最後收歸國家博物館所有，陳列在特殊展廳，享受了國寶級的准古屍待遇。我拍桌說難怪，我說怎麼我醒來時嘴裡含著塊玉，穿著一身金縷玉衣，原來把我當死人了。他說，因為此前你被認定為無蘇醒可能，儘管焦大同妄想讓《紅樓夢》為他所用，怎麼也沒想到躺在他眼皮底下的二十一世紀睡屍身上去。我說這個名頭還挺別致。焦大同是誰？寰球大總統？他點點頭說，你的突然蘇醒給了他很大希望，聽說他把你視為祥瑞。我說起他們想編造新版《紅樓夢》的事，把燕同杯氣得夠嗆。

忽然我想起一事，忍不住問他：「《紅樓夢》到底有什麼中心思想？」燕同杯沒答，向我身後一笑，只聽後邊一個沙啞的聲音說：

「《紅樓夢》沒有中心思想，因為它就是一切的中心；也無法從中提取出意義，因為它本身就是宇宙的意義。」一個人拄著手杖從陰影裡走出來，白髮獨眼，是洪一窟。

7

在我們的時代，人們普遍認同宇宙是漫無目的的時間和空間的總和，並對此安之若素；紅學會的人不這麼認為。亞里斯多德相信宇宙的運行中存在一個「隱德來希」，是一切事物追求的終極目的，也是最原始的動力；拉普拉斯認為宇宙大爆炸時產生了第一批時間變數，第一批變數決定了第二批，第二批決定了第三批……因此宇宙間的一切在大爆炸的一剎那就已經確定了。紅學會將二者的理論與對《紅樓夢》的崇拜融合起來，形成了他們的教義：他們相信宇宙的意義就是《紅樓夢》。

教義宣稱，冥冥中有一條引線，由所有人的命運共同編織而成，它從天地開闢前的混沌中發端，隱祕地盤繞在萬事萬物之間，千秋萬載地延伸。創世之初它就被點燃，火星不斷向前推進，穿過歷朝歷代，一直燒到《紅樓夢》完成的那一刻（他們稱之為紅點），然後，轟隆，宇宙達到最輝煌燦爛的頂點。此後就是漫長的下坡、緩慢的衰亡：《紅樓夢》一完成便開始流逝，到它徹底消失時，宇宙亦將隨之泯滅。

紅學會認為，在紅點之前，所有事件都是為《紅樓夢》所作的準備；紅點之後，一切現象都是《紅樓夢》的餘波。也就是說，赤壁之戰裡，每一簇火焰都為《紅樓夢》而燃；成吉思汗身後的每一柄彎刀都為《紅樓夢》而高舉；宋朝某個春天的黃昏，有女子無端下淚，她哭的是《紅樓夢》；從沒有人死於戰爭、饑荒、洪水或心灰意冷，所有人都死於《紅樓夢》。在《紅樓夢》產生前，戰爭可以分類為奴隸主階級對封建階級、封建階級對資產階級、人多對人少、北方對南方、張三對李四，但其實只有一種戰爭：有利於《紅樓夢》產生的勢力對不利於《紅樓夢》產生的勢力。概無例外，前者總是勝利，一連串的勝利通往了《紅樓夢》。同樣的，紅點之後的所有事件都是《紅樓夢》的延伸和應驗：五四運動、搖滾樂興起、互聯網誕生、一戰乃至於一萬戰、銀河系統一、宇宙坍塌、此刻微不足道的一場對話、茶杯中的漣漪，都是由《紅樓夢》中的某一行文字所引發，或者是某一段情節的重現。紅學會中的玄想派認為，《紅樓夢》是一種氣一樣的物質，它遊蕩在世間，匯聚成文字，然後又逐漸分解，融入萬物……

《紅樓夢》的結構是空、色、空。大荒山無稽崖是空，「白茫茫大地真乾淨」也是空，大觀園內的種種則是色相的集合。毫無疑問，宇宙是以《紅樓夢》為模型而建造的，有著同樣對稱的格局：宇宙的起點和終點都是一無所有；中間則是《紅樓夢》，一切色相的頂峰。對稱的結構意味著《紅樓夢》的消失是必然的。「白茫茫大地」不僅預言了繁華的散盡，也暗喻文字的消失。《紅樓夢》從一切的內部奔湧而來，也終將彌散入萬物。因為盛宴必散，他說。

我盯著洪一窟僅有的那隻眼睛，顫抖著端起茶杯，啜了一口。

8

他們珍重地向我展示了《紅樓夢》的殘片。其中多半是手抄的零散語句，最多的一張上有幾段對話和一首律詩。還有一張是《紅樓夢》的書末頁，油印著出版資訊和定價，還沾著幾點暗褐色的血跡。我雙手遞還給他們。將殘片收藏妥當後，他們對視一眼，由洪一窟開口，向我提出了那個請求。語氣是小心翼翼的，聲調卻透著一股豪情：請我復原《紅樓夢》。這我早該想到，他們營救我出來，又費了一番口舌，不可能只是想發展一個會員。

我一攤手，說沒辦法，我記不得了。他們卻說有法子，有樣東西能幫我記起來。「放心，我們不會電你的。」見我神色緊張，洪一窟一笑說。

燕同杯告訴我，他們收到消息，這件寶貝在一個收藏家手中，在襲春寒營救我的同時，已經派人攜重金去買了。這會早該回來了。怕的是風聲走漏，焦大同的鷹犬也盯上了那寶貝。剛才洪一窟忘情地向我宣講紅學教義時，我就注意到燕同杯眉頭微蹙，多次望向牆上的通話器。難怪他深夜不睡，原來在等人。

我尋思了一會，問洪一窟，你們剛才說，《紅樓夢》是必然要消失的。按你們那個宇宙對稱的說法，在《紅樓夢》產生前，任何不利於《紅樓夢》產生的行為都會失敗；那麼在《紅樓夢》開始消失之後，任何不利於《紅樓夢》消失的行為也都會失敗吧？那我們還復原它幹嘛？洪一窟放下茶杯，說：你很聰明。關於《紅樓夢》，人類的使命包括了等待、扼殺、閱讀、漠視、領會、誤解、崇拜、毀禁《紅樓夢》，直到它徹底消失。違背命運的行為本身也包含在命運當中。我們只想閱讀它，哪怕只復原一行，讀一行有一行的喜悅。他又說，《紅樓夢》雖是宇宙的意義，但它本身是個無用之物，紅學會從未想過從中謀取什麼力量、什麼定律，哪怕可以藉此推翻焦大同——政權在宇宙面前不值一提。他們只想品嘗這本傳說中最精微、磅礴、繁複、寥廓、熱鬧、蒼涼、無限的書。

說實話，對於紅學會這一套玄玄的說法，我說不上來信還是不信，但並不討厭。我很外行（無論科學上還是哲學上）地想，每個人總會有某個瞬間，覺得此生就是為此刻而設的；推之於宇宙，或造物主，大概也該有這麼個瞬間，否則豈非太不公平。說宇宙的意義是《紅樓夢》也好，《B小調彌撒》也好，或是《快雪時晴帖》、《灌籃高手》、共產主義、冰鎮可樂、某個人的微笑或一個親吻，對我來說沒什麼不同。也許冰鎮可樂是另一個平行宇宙的意義，反正我們這個，姑且就同意它的意義是《紅樓夢》吧，我想。於是我決定試著幫幫他們。

又喝了一會茶，天大概亮了，紅學會的其他成員都聚到客廳裡來。龔春寒換了一身翠綠衣裳，俏生生的，站在燕同杯身後。我正想同她說句話，牆上安的通話器響了起來：篤、篤、篤，幾長幾短。眾人都作屏息凝神狀。李茫茫唸了切口，一個虛弱的女聲應了。木機長忙操縱基地升上地面，大夥擁向門口。這是我第一次見到吳卍兒。帶有阿拉伯特徵的臉龐異常蒼白，衣裙多處被樹枝劃破了。她從腰間掏出一個小盒子，遞給洪一窟後，全身就像被抽空了力氣，癱坐在地上。

燕同杯問，怎麼就你一個人？茗雲呢？她捂住了臉，雙肩顫抖起來。

9

胃裡燒灼了兩個鐘頭。我睜開眼時，一切都明朗了。

記事珠，曾為唐朝宰相張說所有，據說但凡事有遺忘，將此珠在手中把玩片刻，就能豁然想起。洪一窟把它遞給我，說你在手裡揉一揉，就明白了。我接過來，是核桃大小，藍紫色的一枚珠子。揉了一會，的確腦子清明了不少，我讓思路拐進中學時代，飄飄忽忽地想起了高中課桌上的木紋、用過的一枚橡皮的香味、暗戀的女生耳後的痣，直到《紅樓夢》的水紅色封皮在眼前搖漾，我看見書頁上的字，只有幾行字是清晰的，其餘的像沒對好焦一樣模糊……燕同杯說光拿在手中，恐怕發揮不了最大效力。那個叫張渺渺的少婦拿出了一張方子。

大殿上佛像、香案、蒲團都齊備，大概是為了偽裝寺廟時準備的。大夥圍坐在一起，我拿眼睛找吳卍兒，卻沒有瞧見，可能還在房中休息。她和那個叫茗雲的小夥子（她的未婚夫）買到珠子後，回程途中被教化司的子規軍追上了。茗雲為掩護她逃走，被當場擊斃，她負了輕傷。上午，在燕同杯的指導下，張渺渺將記事珠搗成粉末，和一些奇怪的藥物混合起來，揉成柳丁大小，放進一個金屬大圓球裡，按下開關，已經過了大半天。現在準備開啟了。我問龔春寒，這是在幹嘛，烘焙？她笑著說，你可以理解成一種高科技的煉丹。的確，除了上面一堆閃光的儀錶，那個大圓球的造型挺像煉丹爐的。龔春寒說，這個方子叫「莫失莫忘丹」，能大幅提升記憶力，是紅學會的前輩傳下來的。正說著，只見一陣帶著藥香的煙霧騰起，張渺渺在煙霧裡鼓搗了一會，捧著一顆魚丸大小的藥丸，笑盈盈地回過身來。

在眾人勸說下，我很勉強地吃了下去。是辣的。

效力初顯時已是黃昏了。胃中的火漸漸熄滅後，只覺頭腦分外淨爽，像裡裡外外用雪淘洗了一遍。我試著回想過往人生中的一些細節，無不朗然在目。我暗自端詳了一遍前半生的來龍去脈，像看自己的掌紋一樣條縷明晰。我看見在事件與事件之間隱隱閃爍的因果鏈，如同一條蜿蜒的金線。我明白了家產是如何敗光的：一些蛛絲馬跡的閃現讓我確定是父親生前的合作夥伴暗中搗鬼。我想起一些已逝的胴體和飄散的約定；每個朋友的電話號碼；父母在我嬰孩時的對話；童年時在莊園西側槭樹下埋的寶藏（鐵盒裡裝著口袋妖怪的卡牌）；某天清晨在飛馳的列車中凝望過的青山的輪廓，月台上一個女子的衣著……忽然邊上一個聲音提醒我，藥力剛生效時最強，不要胡思亂想，注意力集中到《紅樓夢》上來。我照做了。很簡單，像在智慧手機上切換圖示。閉上眼收斂心神，沒多時，那本水紅色的書便沉甸甸地擺在我面前。我伸出無形的手，揭開了封面。

10

起初，《紅樓夢》是以圖像的形式顯現的。無論是曾經留神注視過的段落，還是目光漫不經心掃過的頁面，都平展在眼前，連書頁的折角、劃線、汙漬，無不纖毫畢現。我忙讓人拿紙筆來。用打字輸入反而不夠直觀，我只需把腦子裡的圖形原樣畫出來就行，與其說是寫作，不如說更像寫生。偶有不認識的字，照抄就是。我甚至能從一頁正中一行寫起，一會讓字向上蔓延，一會往下豎著排布。一切是從這一句開始的：「第一回　甄士隱夢幻識通靈　賈雨村風塵懷閨秀……」

每寫完一頁，我一揚手，他們立刻上前接了，拿去複印，人手一份，坐在各自的蒲團上參詳起來，不時小聲讚歎，口中發出嘶嘶的吸氣聲。我背對眾人坐在佛像前，在香案上奮筆疾書。連著幾天，我從清晨寫到天黑，入夜後，他們讓我好好休息，怕太勞累影響藥效。我卻偶然發現，深夜時，那些瑣窗全都透著亮，我湊近其中一扇，後面傳來喃喃的唸誦聲。原來他們都在徹夜地研讀、背誦我白天裡寫出的章節。我不禁感到一陣羞愧，他們視若珍寶的文字，我不過是機械地輸出，從未能真正地進入；同時渴望像他們一樣迷醉地領略這場奇蹟。第二天，我開始用筆來閱讀，審視每處當年一瞥而過的細節，不禁放慢了書寫速度。沒多久，我就入迷了。我終於淪陷在《紅樓夢》的幻境裡，在我初次閱讀它的幾千年以後。

幾週後，我發現寺中人越來越多，每天在大殿上抄寫時，身後密匝匝地坐滿了人，蒲團都不夠用了。夜裡許多人在偏殿、遊廊、客廳裡打地鋪，見到我都異常恭敬。龔春寒說，是各地的會員收到消息，聚集而來，想一睹《紅樓夢》的原貌。那段日子是輕快甜美的。每天的抄寫工作結束後，寺中充滿了虔誠而陶醉的氣氛，人人手捧一份影本，歡喜踴躍，彷彿釋迦當日傳經說法的景象。我放下筆，甩著手腕閒坐時，聽著四處一聲聲低語：「這就是金針暗度法？還是武夷九曲法？」「如此怪話真不知從哪裡想來，好像天地間自然生出的一樣。」「原來前面一句閒話，在這裡接上了，真是草蛇灰線，伏脈千里！」我享受著一種前所未有的成就感，幾乎以為《紅樓夢》是自己寫的一般。大殿裡黃幔低垂，燈燭熒煌，不知誰點了香。我感到平和喜樂極了。我想到千載前有個人在油燈旁擱下筆，甩著手腕，凝視著紙上徐徐升起的玲瓏台榭、紛紜人物，是如何的顧盼自雄。有一瞬間，我覺得上方雙目微合的佛像在注視著我。有一瞬間，我覺得那道目光來自曹雪芹。

11

他們是在第五十回時來的。

大觀園眾人圍著賞過了寶玉從櫳翠庵折來的紅梅，開始品評詩作。我剛寫滿的一頁紙，大夥已看完了，大殿上的眼睛盡數巴巴地望著我。這時一陣悶響、動盪和碎裂聲自上方傳來。

我剎那間想，難道因為我們復原《紅樓夢》，破壞了宇宙的對稱性，因此招致了末日？屋瓦、泥土紛紛砸落，一群禽類的影子撲將下來。是青鳥。它們從高空直沖而下，擊穿了土層和屋頂，每一隻的鋼爪擒住一人的肩頭，一時之間，紅學會成員盡數被捕。一隻青鳥站在我肩上，張開鐵嘴對著我。即便來自二十一世紀我也看明白了，那是槍口。龔春寒告訴過我，全球的天空上逡巡著萬千青鳥，它們監控一切，也是極具殺傷力的武器；在城市上空還作為移動廣播，時刻宣傳焦大同的豐功偉績。一隻特大號的青鳥平展鋼翼，以千鈞之勢降落在大殿中央，教化司主管、子規軍統帥，那個叫薛蝌的英武男子從鳥背上跳下來，拍拍鐵灰色軍裝上的塵土。其餘士兵從屋頂的大洞紛紛下來，頃刻間站滿了一殿。

我還在錯愕之際，一個女人崩潰地大哭起來，是吳卍兒。茗雲，她朝隊伍中一名士兵淒厲地喊著。從哭喊聲中我們明白了一切：茗雲沒死，他被子規軍逮捕了。薛蝌一定是以他脅迫吳卍兒當內應，讓她帶著記事珠回來，然後等紅學會齊聚，再一網打盡。想必在她身上裝了定位器之類。紅學會的人都低頭沉默，沒有一人出聲責罵吳卍兒。身著軍裝的茗雲對吳卍兒的呼喊置若罔聞，神情木然。燕同杯盯著他看了一會，轉頭喝問薛蝌：「你們對他做了什麼？」

薛蝌笑著說：「非聖書。」茗雲立馬應道：「屏勿視。」薛蝌又說：「聖與賢。」茗雲道：「可馴致。」薛蝌說：「我答應她不殺她的男人，說到做到，還讓他入了子規軍。不過他中毒太深，我們幫他清洗了一遍。」又指著我說：「他帶走，其他人就地處決。」話一出口，李茫茫肩上的青鳥嘴中便射出一道光焰，他登時化作一堆灰燼，委落在地。紅學會眾人都閉上眼，開始嗡嗡背誦。我領會了他們的意圖：在背誦最喜歡的章節時死去，一切就永遠停止在那裡。有背大觀園題對額的，有背「花解語，玉生香」一回的，有背海棠社吟詩的。燕同杯朗聲唸道：「『一生事業縱然盡付東流，亦無足嘆惜，冥冥之中若不怡然自得，亦可謂糊塗鬼崇也。』」嘭，嘭，嘭。光焰四下亂冒，殘灰灑了一地。

洪一窟突然問我：「眾人品評過詩作，想必是薛寶琴的最好了？」我說：「是。」「然後眾人如何誇獎？」我說：「黛玉、湘雲二人斟了一小杯酒，齊賀寶琴。」他問：「寶琴怎樣應？」我說：「沒寫。寫的是寶釵笑道：『三首各有各好。你們兩個天天捉弄厭了我，如今捉弄他來了。』」洪一窟點頭說：「是，我正想該怎麼應，這樣寫才妙。口吻逼真，好。」話音未落，光焰一閃，洪一窟已化為烏有。

殿中轟響聲不絕，肩頭又疼得厲害，被鋼爪刺出血來。剛才和洪一窟對答時，我聽見襲春寒在不遠處輕聲唸誦，唸的什麼聽不真切，語調中有種古老的安寧。我忍痛扭頭向她看去時，翠綠的身影已經不見了。唸誦聲似乎還在空氣中微微顫動。不知為什麼，這聲音後來多次在這間石牢中響起，隨之而至的，是銀杏葉子隱約的香氣。

踏過滿殿餘灰，薛螭向我大步走來，在他身後浮現出千萬鐵灰色的部隊、布滿天空的青鳥、焦大同的獰笑，還有一整個正在緩緩崩塌的宇宙。子規軍正將查抄出的《紅樓夢》殘片悉數燒毀。薛螭走到我跟前一揮手，我肩上的青鳥便飛落到他手臂上。他撥弄著鳥身，笑著說：「新版《紅樓夢》已經寫好了，是你主持修復的，現在有一堆宣傳活動等你出席呢。」說著呼哨一聲，那青鳥便縱過來，張口在我面前噴出一陣青灰色氣體。我眼前一花，便失去了知覺。

12

新書發布後，不知為何，焦大同沒有繼續逼問我《紅樓夢》的中心思想，大概他想書裡如果真有什麼神奇的力量，紅學會也不至於這麼輕易被一網打盡，因此失去了興趣。新版《紅樓夢》似乎沒有達到他預期的效果，幾個月後他們不再提審我，很快就把我遺忘在石牢中。只有一個聾啞老獄警每天給我送水和食物。很久以後，他大概是死了，一個聾啞的中年獄警接替了他。

被捕後，我被注射了一種迷幻劑，他們讓我背誦一段台詞，大意是宣稱這本《紅樓夢》和我當年看過的完全一致，在焦大同的關懷下，復原計畫圓滿成功云云。我昏昏沉沉地照做了，只記得一片面目模糊的人頭攢動、掌聲震盪、紅色橫幅高掛，其他什麼都想不起來。一切結束後，我被丟進了這座牢裡。嘔吐、暈眩、在地上趴了幾天後，我的意識才漸漸清醒，想起大殿上飛動的灰燼和滾滾濃煙，不禁滿心悲痛，放聲哭了幾場。我試著接下去回憶《紅樓夢》的內容，幸好都還在，我凝視著腦中清晰、穩固、漆黑的歷歷字跡，忍不住又流下淚來。他們的叮囑是對的，莫失莫忘丹的藥力生效期間，我每天都想著《紅樓夢》，現在藥效漸退，其餘的記憶已不再觸手可及，只有《紅樓夢》還好好地存著。

此後的日日夜夜，我都活在《紅樓夢》裡。我衰弱的身軀被擱在陰濕的石頭監獄裡，咽著渾濁的水，啃著不知什麼材料做的食物，裹著一條彷彿中世紀傳下來的麻布睡覺，但另一個我像一縷煙遊蕩在大觀園裡，我飄飄忽忽，在那些水榭花塢、朱閣綺戶、錦衣環佩間穿行，我難以形容這段生涯是如何的華美。將全書默誦了幾遍後，我發明了一個玩法，用以消磨歲月：我附體在某個角色身上，隨他在情節中流轉，他的一生就是我的一世。我不記得已活了多少遍。但這遊戲總是在八十回後發生卡頓，其後的情節，我像在水底行走，周身黏滯，文字的質地不對。我覺察到明顯的裂縫，這才想起只有前八十回才是原著的常識。猶豫再三，我刪除了八十回後的記憶，決定在純澈的《紅樓夢》裡，抱殘守缺地沉湎下去。

怪異的事情發生在大約十年前。我幾乎已經活遍了書中的每個人物，迅速地蒼老起來。那天我附在一隻蝴蝶上，忽高忽低地在蘅蕪苑的藤蘿間翻飛，毫無徵兆地，我撞見了曹雪芹的鬼魂。那是一點微光，在柳蔭下低低地沉浮。我一眼就知道那是曹雪芹，無需理由，不必詢問，就像在夜空裡辨認出太陽。我揮動薄翅，追隨著他在大觀園裡遊走，他有時隱藏在一瓣落花下，有時繞進假山的孔竅，有時點過冰涼的水面，或者飛落在某個人物的肩頭，像在從容地諦視著自己手造的一切。我緊跟著他，一邊毫無根據地想，靈魂如果意味著某種殘念，那麼曹雪芹死後，他的靈魂沒理由不附著在所有《紅樓夢》之中；《紅樓夢》的存在越多，他的靈魂平均在每一份上的量就越稀薄。而此刻外頭的《紅樓夢》大概都已泯滅殆盡，儲存在我身體中的這八十回也許就是宇宙間的全部了，因此曹雪芹的整個靈魂就具象地棲身在我體內。就像世間不再有湖面，我這一小片積水就收容了月亮。幽暗中，我追隨著他的靈魂，那一點微光，悠悠蕩蕩，一直飛到八十回的盡頭。奇蹟在這時發生。

我看見在八十回的邊界處中斷的每一條命運，都像藤蔓一樣自行生長起來，相互追逐，纏繞，分解，又纏繞，滾滾向前。盛大的文字從那一點微光中汩汩流出，我拼命記憶著，發現無需記憶，我在過往情節中的無數次輪回，讓我對每一條支線、每一處介面都熟稔無比，而對文字風格的長久浸淫讓我覺得那些言語彷彿出自我的口吻……微光越來越大，直到照澈一切；語句的飄揚像一種聖潔的吟唱，從洪荒時代便已奏響，日日夜夜從未停歇……

這十年的光陰是純粹的歡喜。推進沒有想像中來得迅疾，但我更加滿足，因為過程本身是莫大的享受。一年前，我抵達了第一百回。上個月，我體內已經有一百零五回的《紅樓夢》了。我知道，《紅樓夢》不可能完整地重現（一個宇宙只能有一個紅點），哪怕是重現在我腦中，因為我的腦海也是宇宙的一個角落。我隱隱感到自己的生命行將結束，而且必然結束在《紅樓夢》結束之前。我擔心的是因我的死亡，《紅樓夢》會徹底消失，宇宙也隨之瓦解。你的到來像是冥冥中的安排。我知道你的記錄裡已經包含了某些《紅樓夢》的語句，希望你好好保存；即便它也遺失了，只要你還記得「紅樓夢」這個詞語，宇宙就不會毀滅，因為標題也是小說的一部分。

和你說完這一切之後，我就要將我一生的記憶全部刪除了。《紅樓夢》將充滿我的整個意識，從而更快地向前推進；我知道我注定看不到《紅樓夢》的全貌，但像某個人說過的一樣，多看一行有一行的喜悅。他告訴我，盛宴必散，《紅樓夢》從一切的內部奔湧而來，也終將彌散入萬物。那麼，死亡不過意味著成為《紅樓夢》的一部分罷了。

二

陳玄石向我說完這一切後，不久便陷入了昏迷。我們叫來了醫生。經過幾天的囈語和狂笑後，他在西元四八七六年十一月二十七日黎明時死去。我不知道在他死前，他腦中的情節生長到了哪一回哪一句。離開桃止山監獄時，我特地望了望晨空，月亮仍完好無損地懸在那裡，沒有要崩壞的跡象。如他所說，《紅樓夢》沒有徹底消失，宇宙也安然無恙。但我不敢將此完全歸功於我這份記錄，以誇大其重要性。陳玄石沒料到的是，他死後，隨之而去的《紅樓夢》仍以其他形式在世間飄蕩，時散時聚，無往而不在。證據是其後五年間，分別在馬里亞納海溝底部、一隻蝴蝶翅膀的斑紋裡和一片朝霞上發現了幾行神祕的語句。學者們說法紛紜，但我知道它們來自哪裡。

後記

故事的源頭是春節期間的一個夢。夢中有人不停審問我《紅樓夢》的梗概和中心思想。醒來後，重讀《紅樓夢》的期間，幾次散步和呆坐之後，情節逐漸完滿起來。對亞里斯多德目的論和拉普拉斯信條的粗淺理解幫我完善了故事的內核。我並非宿命論的信徒，只是偏愛宿命論的審美價值（一種冷豔），和它的不可證偽性（一切質疑它的行為也包含在命運中）。博爾赫斯對對稱的迷戀啟發我設想了一個玄學上的而非科學上的宇宙模型。故事中起到關鍵作用的兩樣道具：中山酒和記事珠，本可用人體冷凍技術和提高記憶力的藥物來替代，但我無意寫一個科幻故事，因此借用了故紙堆中的法寶——其實也算是古人的科幻。另一個道具照世杯同樣如此，持杯者於一瞬間洞悉過去現在未來種種事，因此萬曆帝實際上是一個東方的「拉普拉斯妖」。題目中的彌撒是天主教最崇高的儀式，也是宗教音樂體裁。我想把這篇小說當成向《紅樓夢》的一次獻禮，或一曲頌歌，因此擬了這個標題；動筆之初，出於對巴赫（巴哈）的喜愛，我希望寫出像《B小調彌撒》中某些段落展現出的飄忽、幽暗的夢幻氣質，不知是否做到了。後來知道彌撒（missa）一詞原意是「解散，離開」，和《紅樓夢》的消逝剛巧吻合。小說的主體分為十二小節，十二是《紅樓夢》中最基礎的數字（十二釵、十二鬟、女媧所煉石的高度十二丈、周汝昌認為曹雪芹原著一百零八回是以九回為一個單元，共十二個單元）。主角的名字來自中山酒故事的主人公，玄石和《紅樓夢》主線索頑石也是個奇怪的巧合。

二〇一八年三月六—八日，停兩天，三月十一日完成

李茵的湖

那天午後陰沉沉的，下了點雨又停了。我和李茵在耽園裡閒走。

耽園其實沒什麼看頭。亭榭空無一人，迴廊幽暗，石板潮潤潤的。柳樹的枯枝森然不動。假山邊有一套健身器材，一個老太太在太空漫步機上凌虛而走，沒一點聲息。簷上窩著一團貓，見人來只懶懶地一瞥，神情厭世。再看牠時已倏然不見。我們在亭子下站了一會。幾個歪歪扭扭的名字在淡紅的亭柱上海枯石爛，日期都是上世紀的。鳥聲疏落，菊花已經開過了。

耽園是清代本地一家大戶的花園，民國時敗落了，八〇年代被改建成小公園。古建築都被精心地修復成仿古建築，只有園子的名字和一些古木留存下來。明清以來似乎挺流行用單個字的動詞來命名園子，隨園，留園，過園，寄園什麼的。耽園的耽是耽擱的耽，或耽溺的耽，透出一種自得的頹廢。園中景物確實瀰漫著這樣的氣味。如今這裡像是八九〇年代的一塊殘片，一個被時光赦免的角落。萬物在圍牆外滔滔而逝。因為位置偏，設施舊，氣氛有點陰森，如今來玩的人已經不多了。前天李茵說起她從沒去過耽園，我有些意外。隨即想起我們小時候多是由家長帶著來玩的，而她父母很早就離婚了（她隨母親，她母親常年在外務工，整個中學時代她都寄住在表舅家裡）。我便約了她今天來耽園裡逛逛。

那年她剛辭了職，準備考研，在家複習。我在縣一中教地理，已有兩年。我們本來認識，但沒說過話。她人很孤僻，我也好不了多少，幾乎沒有共同朋友。縣城很小，常在街上遇見，我就約她吃了幾次飯；不太好約，但也漸漸熟了。當時我正打算開始追她，不過還有一點猶豫（後來我們處了三年，分手後斷了聯繫）。一隻蟋蟀叫起來，聲音悽楚。我們離開亭子，向耽園深處走去。

據說耽園底下有一條防空洞，一直通到縣一中圖書館的地下室。有人說入口在某個亭子的石桌下，也有說藏在草叢中井蓋下的。初中時為了找那個入口，我常來園中溜達，意外發現了耽園裡一個神祕的空間，沒對任何人說過。那天我興致勃勃地領著李茵去看。她表現得挺感興趣，也可能是出於禮貌。在兩條園路的岔口，石砌的花壇後有幾面錯落的景牆，一叢竹子。竹葉映得白牆幽幽的綠。我帶她跨上花壇，踩草坪繞到竹叢後邊。兩面景牆呈八字，其間有一道空隙，恰可過人。我們走進去，草很深，幾乎及膝，但草底下有石汀步。這裡原來是鋪了一條小徑的，可能後來做綠化的和當年的景觀設計沒有銜接好，在入口前砌了一條花壇，又在牆間種了幾根竹子，漸生漸密，把入口遮蔽了。也可能是故意的。從兩邊園路往中間望，隔著景牆，以為中間只是一條狹長的綠化帶，其實藏了一個水滴形的空地，初極狹，當中卻很空曠。水滴形圓潤的一面，是一排綠籬和森森柏樹，濃密而高，圍成弧形的城牆，隔開視線和腳步。空地正中有個砌築得很精緻的樹池，像座孤島，浮在深草中。樹池裡種了一株槭樹，這時紅葉飄墜一地。我已數年沒來這裡，槭樹高了不少，樹皮顯出蒼老。發現這個園中之園後，有一陣子我常來玩，把這裡視為祕密基地，給它起了好幾個名字。記得最後一個叫匿園，藏匿的意思。但畢竟是片荒地，沒什麼玩的，漸漸就少來了。我在草叢裡找到過一塊石頭，比貓大不了多少，上面刻著「寸天」兩字，塗成湖藍色，已經很淡。當時我不明白意思，稍大就懂了，是說周圍的牆和樹很高，其間只能望見一塊不大的天空。人坐在這裡，如同坐在井底一般。耽園裡還有一窪小小水池，卵石圍成，在亭子邊極不顯眼，後來我在池邊又發現一塊石頭，背陰處刻著兩字「尺水」，也塗了藍。這才知道是兩處相對應的小景致，應該在清代或民國就有了，不惹人注目，重建後意外地保留下來（石頭可能是重刻的）。這時那塊「寸天」的石頭已被荒草落葉深深掩埋，我繞樹走了一圈，沒有找到。李茵撿了一枚槭樹的種子，捏著那對小小翅膀，扔在空中，看它旋轉著下墜。匿園裡安靜極了。柏樹是墨綠色的牆，枝葉間有風，藹藹地搖漾。上方的一塊天是柔和的灰色，陰雲平穩地挪移。遠處的鳥聲很輕，叫得也緩慢，像在現實中叫，而我在夢中聽見。我們在樹池邊坐下，低聲說著話。當時如果有人從外邊園路走過，聽見人聲，會以為是對面另一條路上的行人。這裡極其隱蔽，誰也發現不了。

當時說了什麼，如今全忘了。記得我在東拉西扯，侃了半天，才發覺她沒在聽，正低頭盯著身下的樹池發呆。我有點失落，問她怎麼了。她沒言語，手指摸著樹池的邊沿，忽然說，這樹池真奇怪。上面怎麼鑲著玻璃渣？我看了一下，說，唔，這是水刷石啊。

大二時我處過一個土木系的女朋友，陪她上過一門選修課，裝飾裝修工程，因為用的教材很過時，課上有講到這門過時的工藝。當時我就想起這樹池，聽得很有興味。此後凡是見到有這種工藝的老房子，都會留神看看。所謂水刷石，是在水泥砂漿中拌入砂石，等水泥半凝固時，刷去表面的一層水泥漿，用水流沖洗，這樣砂石顆粒就半露出來，呈現一種微妙的粗糙感，又不致脫落。通常是用葵花籽大小的白色方解石碎屑。更講究的做法，是摻入打成石榴子大小的玻璃碎屑（只微露出表面，不會扎人），碧綠的顆粒，鑲在潔白的碎石粒間，有一種很樸素的晶瑩。但工藝較麻煩，比純用碎石粒的少見得多。這種風格只流行於八九〇年代，可以說是那個時代的肌理。但不夠新潮，隨後被洋氣的瓷磚和乾掛石全面取代了。又不夠古老，沒有受保護的資格，如今有這種工藝的建築也拆得所剩無幾。這座樹池外沿的面層，就是摻了綠色玻璃屑的那種水刷石，做得很精緻，灰白間點綴著細碎綠點，很好看，舊了也很有味道。

李茵蹲在樹池前，很認真地聽我介紹完水刷石，一邊慢慢摸著那面層，又開始出神。我不說話了，偷瞄她的側臉。她臉上神情迷離。睫毛很濃，低垂時像一層陰影，使她看起來常有一點媚態，但她平時為人是很淡漠的。當時我過分地年輕，傾向於把她的淡漠理解為一種古典氣質，一種恬靜和疏冷（後來知道在大多數情形下，那淡漠就只是淡漠）。那天她卻意外地顯露了敏感的一面，和我想像中的形象不太吻合。但這一點不吻合又增添了她的神祕感，在一段時間裡，很令我傾心。

她說，有一種很奇怪的感覺。好像來過這裡，見過這樹池，但又不全是這樣。她不太會形容，斷斷續續地說，覺得人特別寧靜，暖和，像是有點感動，又非常「心啾」——「心啾」是我們本地話，形容那種無端的愁緒，類似於思鄉懷人、悵然若失之類。日常瑣碎的煩惱，則由另外的詞負責。也可以寫作心糾或心揪，但力度太大了，我同意譯成啾，像有一隻鳥在心裡啾啾地叫，低聲又執拗。我也說不清為什麼，真的好奇怪，她說。我注意到她聲調變了，眼角也有點濕，就站起來，說，要不你在這等我一會，我去趟洗手間，過會再回來。她低了頭，點了點，我就從原路出去了。

在柏樹下的小徑走了一會，我想起蘇軾有一回去一座從未去過的寺廟，他說一切好像似曾相識，並說出了還沒踏上的石階共有幾級。不過當時他心中是何感受，是否想哭，沒有記載。我想每個人都有些難以言說的神祕體驗，那就不必言說，存放在語言之外的空間就好，也無需被理解。一株柏樹，姿態飄逸，枝葉遠看如一蓬青煙；另一株像扭曲的、凝固的火舌。木芙蓉開得好，嫣然媚靜，我停下來看了一會。走到假山邊，老太太已經不見了，我在太空漫步機上走了一會。說是去洗手間，洗手間在園子另一頭，來回要半天，我也不能太快回去。耽園裡靜得就像個古寺，連鐘磬聲也沒有。空氣涼涼的，風吹著枯枝，枯枝映在天上如同裂紋，天色暗下來。差不多該回去了。不知為什麼，這時我忽然想到自己的年紀。暗自回味了一下那個數字，用眼睛把它一筆一劃描在雲天上。二十三。我又在邊上寫了自己的名字。還沒寫完，就下起雨來，慢而篤定，一滴是一滴。很快就下大了。

我回到那景牆邊時，李茵正好走出來。我見她眼睛紅紅的，也不好問，就裝作沒瞧見，和她到廊下躲雨。雨一時停不了，我們不說話，沿著長廊慢慢走到盡頭，有一家小賣部，一個老人倚門而坐，門裡黑得像個山洞。我買了兩盒菊花茶，擦擦上面的灰，兩個人靜靜地喝著，看著雨中的耽園。雨落在石板上有極動人的清響。那天我們很晚才回去。

過了幾天，她竟然主動約我，說想再去耽園走走。我有點受寵若驚。我們徑直到了匿園裡，又坐在那樹池邊。一番秋雨後，枝頭紅葉濕漉漉的，稀疏了不少。她試圖解釋上次的失態，說以前從來不會這樣的。那今天呢？我問。還是有那種感覺，她說。閒聊了幾句，她又開始自顧自出神。我撿起一片葉子，在手裡把玩，一聲不響陪她坐著。這樣的經歷不知不覺有了好多次。有時她會約我，有時她自己去，帶一本書，考研的材料或小說，在樹下獨坐到天黑。約我去的時候，我就只陪她閒坐，不出聲地玩玩手機，想想心事，偷瞄她一眼。她時常放下書，什麼都不做，瞇著眼，睫毛微抖，好半天一動不動，像在進行光合作用。有一回我不知怎麼了，腦中一陣空白，趁她發呆，大著膽子握了她的手。她半天才回過神來，臉紅了，但沒有說什麼。手冰涼得如同瓷器。我似乎從她的神情裡獲得了某種許可，便俯過身去吻她。她顫抖了一下，生硬地接受了。在一起後，我們依然常到匿園去。

陪她閒坐的時間，加起來應該很長了，沒準有整整一天。有時我也陷入自己營造的玄想中。那幾年我愛看莊子，半懂不懂地讀叔本華，看了一堆志怪筆記，有點神祕主義傾向（現在也沒脫離）。起初我很好奇一個人為何會對一座樹池如此著迷，試著去理解她奇異的反應，不得其解。後來我想起一個重複多次的夢。我總是夢見自己行走在灰色的屋頂上，是老舊的平頂樓，連綿成片。我像飾演教父的德尼祿（勞勃・狄尼洛）一樣，從一棟樓跨向另一棟，一邊小心地俯視街道上的人潮。與電影中的狂歡不同的是，我知道那些洶湧的人群正在追捕我，卻找不到我的蹤跡，在下面來去奔走。我帶著深深的恐懼和暗暗的得意，眺望著他們，獨自一人，在漫無邊際的屋頂上遊蕩……我不知道夢中的屋頂究竟位於現實世界的何處，也許就在某條我曾經走過的街道上方，但我沒有察覺。那反覆出現、無窮無盡的屋頂之於我，也許就像那樹池之於李茵，是人生中一個微不足道、但揮之不去的謎團，輕煙一樣，瀰漫在生活的背面。區別是她遇見它了而我沒有。如果在現實中，讓我猝然重臨那屋頂，是否也會感到相似的顫慄和神祕的安寧？

有一天我也帶了書來看，信手翻到一則筆記，忽然如有所悟：漢朝時蜀郡有口怪井，井中常年冒火，在國運興盛的時期，火勢很旺；漢室衰微後火漸漸小了。

後來有人投了一支蠟燭進去，大概是想引火，那火卻滅了——那年蜀漢滅亡。我猜想，萬事萬物間也許有隱祕的牽連。當漢武帝在上林苑中馳騁射獵時，他並不知道帝國的命運正反映在千里外一團顫動的火焰中。也許每個人無可名狀的命運都和現實中某樣具體的事物相牽連，但你無從得知究竟是何物。人類試圖通過龜殼、蓍草、茶葉渣的形狀、花瓣的數目和星體的運行來推測命運，都是對這種牽連關係的簡陋模擬。也許冥冥中牽連著李茵的就是那座孤島般的樹池。像那兩塊「尺水」、「寸天」的石頭，物質上毫無干係，各自安臥一隅，卻通過文字的引力緊密地連接。我迷迷糊糊地想，也許我的命運和深山中某棵樹的長勢有關；也許和海面上一剎那的波瀾有關；也許我一生的順遂和坎坷早就預先呈現在雲海下某塊石頭的紋路上；而我和李茵的戀情會不會有美滿的結局，也許取決於銀河系內星星的總量是奇數還是偶數，或取決於兩百年前的今天耽園裡有沒有下雨……我回過神來，見身旁的李茵已睡著了，她蜷著身子側躺在樹池上，頭枕著書，手心還貼著水刷石的邊沿，像輕撫馬的背脊。我脫了件外套給她蓋上。園子裡有風，日光樹影在她臉頰上遊移，像一種表情。

冬天時，李茵從她表舅家搬出來，自己在外頭租了一個小房間。在七樓，沒電梯，只有必要的傢俱，但她很開心的樣子，忙忙地布置了幾天。搬過來的幾個紙箱，有一個放雜物的，她一直沒拆，好像都是她母親的東西。她家裡的事我已陸續聽她說過一些。李茵原名叫李迎男，成年後她自己去改了名字。迎男和招娣，有同一個酸楚的含義。前些年她母親在鄰縣有了新家庭，給她生了個弟弟。她只去住過幾次。母女倆性子都彆扭，處得不太好。她曾對我說過，其實她知道她媽媽不愛她。我當然只能勸她別亂想。而她父親離婚後杳無音訊了多年，聽說陸續做過鋼材、香菇、木材生意，很發達過一陣子。她考上大學那年他出現過一次，給她付了學費。她幾乎不和他說話。那天晚上她打電話急急地喊我過去，說收拾箱子時找到一個東西。我穿上衣服，抓了電動車的鑰匙便出門了。

到了一看，是一個照相館的信封，裡邊有一疊照片（李茵說過她總羨慕別人家裡有相冊，而她小時候的照片差不多都丟光了）。其中幾張是她母親的證件照，一張是小時候的她，獨自站在一處草坪上，穿著胖胖的淡紫色棉衣，手裡拿著吹泡泡的塑膠籤子。我還沒見過她小時候的模樣，拿到燈下湊近了看。她指著照片的邊緣說，你看，草地邊上，有一小片反光，看見了沒？我點點頭。你說這像不像是水面？我說，像是吧，怎麼了？她神祕兮兮地說，可能是在一個湖邊。

她記得大約四五歲時，有一天她爸媽帶她去一個湖邊野炊。湖邊長著一大片美人蕉，開著鵝黃的花，還有一座白色的小拱橋。她爸爸那時有一台女士摩托車，就是現在電動車的款式，前面可以站一個小孩。她媽媽坐在後座。他們一家三口坐著摩托車，揹著炊具，突突突開到那裡時，大約是傍晚。鐵鍋盛了水，架在幾塊石頭上。她爸爸去附近林子裡拖來杉柴，生了火。鍋裡煮的是快熟麵，鮮蝦魚板麵，還放了好多個魚丸。她還記得魚丸是甲天下牌的。還有蟹肉棒，在麵湯中載沉載浮。鍋裡映著明亮的天，天上亮著橘紅色的晚霞。那是九〇年代的霞光。她爸爸當時還沒開始做生意，沒什麼錢，穿著花花的襯衫，滔滔不絕地說著什麼，總是對什麼事都很有把握的樣子。她媽媽帶著崇拜的或寬容的微笑聽著，一邊往鍋裡放著佐料。夕陽在湖面上閃爍不定。但也可能沒有夕陽。吃完飯，她爸爸用摩托車載著她，開過那座小拱橋，不知道為什麼，她當時覺得那樣一起一伏非常好玩，又笑又叫，快活極了，停不下來。爸爸就開著摩托，帶她一遍又一遍地過拱橋。玩夠了，她趴在橋欄杆邊，吹了好久的肥皂泡，把一整瓶都吹光了，看著那些泡沫飄飄轉轉跌向遠處的波光。爸媽就站在她身後輕聲聊天，摸弄著她的頭髮。天慢慢黑了，但沒有一點害怕的感覺。這次野炊她後來在作文中寫了好多次，記一次難忘的回憶，因為可寫的並不多。很可能經過了加工，帶著歲月的柔光，細節上有些出入。也可能根本沒發生過，是她做過的夢，或是看了某部電視劇後把情節記混了。她有一次用漫不經心的語氣問她母親，她母親一點都不記得有過這回事。父親已多年不聯繫，不可能為這種小事專門去問他。因此完全無法證實那個傍晚和那個湖是否真的存在。而這張照片給了她一點模糊的希望。

那晚我在她那過夜。半夜睡不著，我想了一會那個湖，覺得有點心啾。一段記憶，共同經歷過的人早都隨手拋下，她卻當珍寶一樣收藏至今。我此前此後，都極少見到她在描述那個傍晚時的柔軟神情。第二天起來，她在梳頭，我拿出那照片看了一會，說，要不我們去找找看吧？她停下動作，轉過頭看我，找什麼。找那個湖啊，我指著照片說，你看這草坪，是馬尼拉草，還能隱約看出一格一格的痕跡，這是人工的，不是野地，我想很可能就在縣城裡某個地方；那時候有人工草坪的地方不多，多半是公家單位建的。她愣了一會，點頭說，對啊，我們是坐摩托車去的，應該不會太遠。那張照片被她夾在一本精裝書裡，一直放在床頭櫃上。

那年寒假，我們都在找那個神祕的湖。屬於她一個人的，閃亮在九〇年代的，不知是否存在過的湖。在一個山區小縣附近找一個湖，或較大的水體，想來不是太難的事。我們走遍了小縣城的街頭巷尾、犄角旮旯，揹著乾糧和飲料，像小時候去春遊那樣。李茵的情緒始終很高漲（此後的相處中她再也沒有過那種勁頭，恢復了慣常的淡漠，對我的各種提議常提不起興致），但體力不太好，走上一大段就要歇一會，唇色變得很淡（後來我想起那也許是個徵兆）。我們就找家小店坐坐，吃點喝點。那時剛有智能手機不久，我看著整幅縣城在指下挪移縮放，覺得很新奇。我們第一次知道原來這個古舊的小縣城有這麼多隱祕的角落。我們從東北逐步向西南找去，先城區後郊外，重點找有草坪的地方，即有景觀綠化的園地。先是去了一些位置偏僻的機構（不偏僻的都知道，不必去），糧庫、冷凍廠、菌種站、宗教局、古樹辦，我們帶著考古的目光打量那些舊樓、大院和樹木，像一隊殘兵，蟄伏在深巷或高坡上，都有兵馬俑一樣的顏色。後來開車去周邊的鎮子，村莊，村外的潭子，山間公路邊的水庫，一處處看過。另一方面，勤向人打聽。我首先想到同校的一位體育老師（十餘年前他教我體育，如今竟成了我同事），他是我們縣冬泳隊的帶頭大哥，游遍了群山間每一片冰冷的水面。附近若有湖，他不可能沒去過。他指點了幾個地方，我們逐一找去，但都不像。也問過黃包車師傅和的哥，得到幾條線索，都一一落空。李茵畢竟要複習，不像我這麼閒，我們的探祕之旅逐漸改成一週兩次，一次，一月一次，直到放棄。最後她說，其實找不到也挺好的，就當成一個未解之謎吧。我安慰她說，等以後我們有了小孩，也找個湖邊去野炊吧。她白了我一眼。最終雖然一無所獲，但那個時期我們過得實在是很愉快。

這樣又過去了數月。她準備著考試，仍時常去匿園閒坐；我日復一日地備課、上課、看雜書。槭樹綴滿了新葉，嫩綠又轉為深青。這時我們已相處了大半年。如同大多數愛情，我們那一次也有奇妙的開頭和平庸的中場（後來是淡然的尾聲）：最初的甜蜜，最初的爭吵，矛盾，矛盾的磨合，新的矛盾，磨合後的融洽和不可磨合之處的逐漸顯露。我不再把這段愛情想像得足以牽繫到廣大的星空，只是冷靜地覺察到了它的疆界，盡量緩步向前而已。有一天下午沒課，我不想擾她複習，便去同學的單位找他玩。辦公室裡就兩人，除他外還有一個大叔，在電腦前埋頭。我們喝了幾杯茶，聊天，忽然窗外一陣怪響，撲拉拉飛進來一隻黑乎乎的大鳥，尖嘴長爪，像一團漆黑的噩夢，簡直剛從希區柯克的片裡飛來。我見它要飛近，嚇得站起來。同學和那個大叔見我這樣，哈哈大笑起來。大叔一抬胳膊，那黑鳥便嫻熟地落在他厚實的肩上，抖抖翅膀，冷眼瞅著我。

這位大叔是個奇人。同事們都叫他鳥叔，很會養鳥。那黑鳥是他養了多年的八哥。不是花鳥市場買的，是他自己在春夏間去野外捉的。他有捉鳥的法門，一氣捉了許多，仔細挑選過，不中意的放了，只留下這隻。自幼經他悉心馴養，因此這隻八哥特別的壯大、機靈、俊美（？）。每天他出門上班，也不提籠，八哥就在天上飛著，忽遠忽近，跟著他到單位。他開開窗戶，鳥就飛進來。他做事時鳥自己在樓下樹林裡玩，自己找吃的，偶爾在樓上聽見牠的叫聲。他下班，到樓下樹林邊一招手，等片刻，鳥就飛出來，跟了他走。我聽得目瞪口呆，但鳥證就在場，不容不信。小縣城似乎比城市更縱容人的怪僻，這類奇人所在多有，倒也不算太稀奇。鳥叔的另一癖好是拍鳥，週末常提了相機，到處晃蕩。公園，樹林子，濕地邊，荒山野水，無遠不到。拍了許多年，還自費出了一冊影集，印了幾十本，到處送人。我多問了幾句，他就從抽屜裡端出一本給我看。出於禮貌，只得隨便翻翻。牛背鷺，鴿群，隼，啄木鳥，紅腹錦雞。構圖什麼的都還不錯。幾隻灰雁和一對鴛鴦的兩張圖引起我的注意。照片中大半是水面。我問他這在哪拍的，他湊過來看看，想了一想，說，在嶺下水庫吧。我哦了一聲。那水庫我去過，周邊都是野地，水線低時，沿岸裸露著紅土，沒有草皮。過了一會他又說，哦，雁是水庫拍的，鴛鴦是池塘裡養的。哪裡的池塘？我問。他說，在老幹局後面，門球場外邊，以前有塊池塘。有一年不知從哪弄了兩隻鴛鴦來養，後來沒養活，死掉了。活的時候我去拍過。我說，老幹局那裡前陣子我去過，好像沒看到有池塘啊。早沒了，他說，後來改成停車場了。兩千年初還在的。

我小心翼翼地，不敢直接問橋，先問湖邊，不，池塘邊有沒有種美人蕉？黃色的。他說這我哪記得。我說，也是。那有沒有拱橋？他說，誒，是有一個。一股暖流從我後頸升上來，寒毛都立了。他說他還拍了鴛鴦穿過橋洞的照片，但是角度沒拍好，拍的是鳥屁股，就沒收進集子裡。我便央求他，能不能找到當時在那裡拍的其他照片。胡編了一個理由，說我小時候在那附近住過，有點懷念。他爽快答應了，不過待會下班他要喝喜酒，估計會喝多，明天是週末，他找找，找到了下週一給我。我說好好好，出門就給李茵打了個電話。

老幹局後邊的門球場，我們之前路過過。那天傍晚趕到，球場裡有幾個老人提了槌子在玩，門球像是一種按了慢放鍵的運動，遠看有點怪異。向後頭走去，果然是個停車場，再往後便是野地。沒停幾輛車，顯得格外空曠。門球場的沙地和停車場的水泥地之間，夾著一截草皮。李茵說，可能真的是這裡。我說，你又有奇怪的感覺嗎？她說不是，草坪、拱橋和池塘，一個小縣裡能有幾處？八成是這。她那時小，覺得池塘大得像湖，或在記憶中把它放大了許多倍，完全可能。等照片找到了就能確定了。我說，這片是老幹局的地，雖然後頭就是野地，也沒圍牆，但能讓人生火野炊嗎？她說，可能是趁週末或下班沒人後，她爸帶她們偷偷進來的。像他的做事風格。我在停車場上轉了幾圈，見到水泥上有一些裂痕，裂痕斷續地圍成個橢圓，對李茵說，池塘可能真有，應該就在南邊這塊，後來改建停車場，挖淤泥、填土壓實的時候沒處理好，地基不實，這塊慢慢沉降了，你看，水泥地面有點開裂。

她沒搭理我，踩著那圈裂紋，在停車場上徘徊了好久。

我們心不在焉地過了一個週末。週一早上，我在課間打電話給鳥叔，一問，他說照片昨晚上找到了，有一遝，已帶到單位。我千恩萬謝，一下課就去取了照片，也不先看，就上李茵那去。照片裝在一個邊角略微破損的牛皮紙信封裡，摸著挺厚。我們湊在桌邊，歡喜又忐忑，像在拆一封密電。她小心地把一疊照片抽出來，一張張鋪在桌面上，逐一看去。許多張全是鴛鴦和水面，沒有其他。有幾張，背景中真的出現了拱橋。在焦點之外，模模糊糊，白色的一彎，如同幻影。有一張是橋身部分映在水中，像揉皺的白紙。最清晰的，是那兩隻鴛鴦正要遊過橋洞的一張，位置恰好。就是那橋了，一模一樣。她驚得說不出話來。一整天她都神思不屬，一會就拿出來看一下。臨睡前，她又在看，忽然指著照片某處，叫我的名字。我過去一看，開始沒懂，隨後也愣住了。水面碧綠。兩隻鴛鴦款款游向橋洞。身後分開八字形的波紋。我注意到上方灰白色的橋欄。細看之下，並非一味的灰白，而是灰與白相錯綜，像灰暗的天空灑著密雪。其間還散布著一些細小的，綠瑩瑩的光點，如同翡翠質的群星。

那晚我們解開了一個小小的、綿延已久的謎團。我的那番玄想破產了。並非宇宙間有什麼隱祕的牽連，是人的記憶常把不相干的事物無端地牽扯到一起。甚至當記憶的真偽都無從考證時，記憶所引起的情緒還潛藏在某些細節中（八九〇年代獨有的粗糙與晶瑩）。對同一材質的相同感受，接通了兩個遙遠的時刻：她童年中最明亮的一個黃昏和多年後匿園裡一個陰沉沉的下午。她捏著照片，湊過來，伏在我肩頭。那是我第二次，也是最後一次見到她哭。幾年後分手時，我們看起來都是平靜的。

她考上研後，去了北方的城市，聽說又嫁到另一個北方的城市。我依然留在家鄉教中學地理，畫著等高線和大陸的輪廓。每天看書，散步，後來也學著養了一隻百靈鳥，挺好玩。我不時還會夢到那片連綿的屋頂，有時也望見那個湖。它曾是虛假的事實，後來是神祕的回憶，最後是傷感的慰藉。如今也成了我的回憶。它在夢中是不可抵達的背景，是天邊一線橘紅色的閃光。幾年後，當我間接地聽說李茵過世時，她已過世了好些日子。據說是生了場病，我連什麼病都無從知道。專門托人去打聽，也太古怪，就算了。得知消息的那天晚上，我儀式性地追溯起一段往事。

一些情節閃過我的意識，像雨夜一束燈光裡掠過的雨絲，沒有著落。我感到一種近乎抽象的哀傷；哀傷沒有想像中的持久。我有點慚愧；慚愧也轉瞬而逝。

秋天時，我陪父親去耽園散步。走過那個分岔口時，我忽然說等一下，就撇下父親，繞過竹叢，鑽到景牆後邊。時隔多年，我再次踏進了那片荒草地。幾隻斑鳩從深草中驚飛起來，隱沒在濃濃的柏樹中。天快黑了。那棵槭樹已經不在了。連砍伐的痕跡都沒有。水刷石的樹池也不見了，像整個沉沒進草的深處。我在那裡站了一會，忽然想道：漢朝滅了，井底的火焰就熄了；暗中牽連的一併在暗中消泯。過了許久，我聽見外面在喊我，便轉身走出去。匿園在我身後徐徐消散。

二〇一八年十二月十三、十四日

尺波

一九五〇年初春，發生在屏南、建甌兩縣交界的東峰尖剿匪戰鬥中的一次交火，偶然映照在上空一隻遊隼深褐色的眸中。方才的兩聲巨響將牠推向天空深處，群山驟然縮小成暗綠的波紋。新兵陳蕉的面容和舉槍的姿態在隼的意識中保留了片刻，直到被一抹霞光取代。一股白煙從他的槍口飄散，身邊的灌木猶自簌簌搖盪（對方的一槍沒擊中他）。他放下槍，大口喘著氣，走上前去。伏在地上的死者是土匪的小頭目，匪號長腳鹿，在山寨被攻破前趁亂而逃，打傷了一個民兵，被陳蕉一路追蹤到這裡。陳蕉取下死者的手槍，別在腰間，試著拖了一把屍體，太過沉重，便在路邊做了個記號，打算沿原路返回。這時天已擦黑，林中的浮煙漸漸深濃，先是襯出樹身漆黑的輪廓，隨後將其抹去。幾聲冷冷的鳥啼，像從地下升起。早春的枯枝。肥厚的青苔。淤泥。野獸的足跡。陳蕉沒料到自己將在六十年後向孫子描繪眼前的一切，只想著盡快離開。他緊了緊肩上的槍帶，努力辨認著路徑，走進煙霧中去。

二〇一五年冬天，我模仿蒲松齡的筆法，寫了幾篇閩東地區的山野異譚，次年發表在一本叫《尺波》的刊物上。主編張煥對其中一篇〈熬夜〉很感興趣，多次向我確認它的真實性。那篇短文寫的是我爺爺參加剿匪戰鬥時在山中遇鬼的經歷。去年深秋《尺波》辦了一次筆會，地點選在鐵甌山風景區，我受邀前往。頭一天是作者座談會，我沒參加過這種會議，感覺像國外的患者交流小組，大家圍坐著分享文學引發的各種症狀。次日的活動是景區遊覽，因疏於鍛鍊，登山時我和張煥落在隊伍後頭，索性緩步聊天。他說這山他爬過多次，景致一般，不如去旁邊的峽谷坐纜車。我們便脫離了隊伍。我感覺這像是刻意的安排。坐進車廂後，面無表情的管理員在外頭重重關了門，纜車便滑進雲煙裡。是那種老式的纜車，很慢。兩排車廂背道而馳，成一循環。朝窗外張望，其他車廂在雲中時隱時現，像群山之上的一串念珠，被無形的手緩緩撥動著。張煥說纜車是他最喜歡的交通工具，我說我也是。沉默了一會，他忽然談起我那篇〈熬夜〉。

他說初次讀過之後，惦記了幾天，覺得有種怪異的熟悉感，好像和他的某部分記憶重疊了。隨後他弄明白了原因。那是他多年前在旅途中看的一部電影，或做的一個夢。當時他去鄰市的博物館參觀了一次南亞古兵器展覽。馬來劍的紋理和古董刀的弧線給他留下了極深的印象。歸途中，大巴上的車載電視在放一部電影，早年間的香港武俠，年輕的劍客在為決鬥做準備，參悟劍訣，告別情人。他睡著了。醒來時天已黑透，車上靜得出奇，沒開燈，乘客們似都已入睡。電影換成了另一部，他已無睡意，便看起來。周圍事物像全都消失，只剩他和那面發光的螢幕，懸浮在黑暗的太空，以相同的速度向前飛馳。

片子開頭是一柄劍的特寫。一柄形狀奇特的短劍。劍身烏黑，上有銀亮的花紋，邊緣泛著淡淡藍光，如同薄霧。劍體彎曲，略似蛇形的馬來劍，但沒有那樣詭異的扭曲，更像河流的蜿蜒。鏡頭極緩慢，沿著劍身移動，似要細細展示上邊的花紋。是那種反覆折疊鍛打而成的紋理，像雲流水逝之態，或松木的脈絡，極其曼妙。花紋自身在遊走變幻。愈往下，愈細密，流動到劍尖，成了點狀，像粉碎的浪頭或燦然的星斗。張煥想起古書裡的雪花鑌鐵。當他以為這是文物紀錄片時，情節開始了。

劍緩緩消失。國王在床榻上醒來。看裝束像某個島國的君主，也許是滿者伯夷王朝，或虛構的部落。國王一臉悵然，他已多次夢到這柄劍，夢而不得，渴求之心日益強烈。那花紋似乎還在眼前遊動，卻無法觸及。國王對酒肴、嬪妃、殺戮、歌舞都失去了興趣，魂不附體，形容憔悴。衣上裝飾著鳥羽的巫師說，如果人清晰地夢見一樣陌生的事物，而這樣的夢不止一次，那麼它就是真實存在的。王可以用無上的權力去尋找它，上下四方地尋找它。於是國王下令召國中最出色的鑄劍師（名字叫歐耶茲莫葉什麼的，記不清了）進宮，向他詳細描繪了夢中劍的形象，以黃金誘惑，以死亡威脅，命他在限期內獻上同樣的劍，從尺寸到紋理，要與夢中那柄不爽分毫。

鑄劍師回到家，坐在爐火前沉思起來。國王描述的那種劍並非無稽之談，那種蜿蜒的、花紋會自行變幻的劍，他曾聽父親說過一次。那是他們家的祖傳祕法，但過於荒誕，從沒人試過。國王賜給他一塊內庫珍藏的上好隕鐵，材料不成問題，鍛造的技藝也在其次，祕法中最重要的是用於淬火的藥水。他精通用香料、毒藥和酒漿給劍淬火，各有不同的奇效。但祕法所需的藥水要用九千個夜晚來熬制，時間斷然不夠。他終日枯坐，進入了冥想。黑暗中，他向面目猙獰、多頭多臂的諸神禱告。最後他想到（畫外音），兵刃的無數種形狀都自火焰中來，鍛冶之事他沒理由不向火焰祈禱。他說，蘊含了所有形象的火焰啊，居住在火焰中的真神，請你垂聽我的祈求……他喃喃地說了一通張煥聽不懂的話。過了一會，他感應到神的話語。神的話語像日光的觸及，沒有聲音，也無法形容，卻能感受到明確的溫熱。神告訴他：夢中之物應向夢中找尋。鑄劍師顫抖著回答，可是沒有時間了。神答覆道，在夢裡時間是無關緊要的東西。在那裡我賜予你永不熄滅的火焰。現在便開始鍛造吧。

鑄劍師睜開眼，眼前是顫動的爐火。他起身喚來一個中年大漢，像是他兒子，令他協助，便開始冶煉隕鐵。冶煉和鍛打不停息地進行了三天。火星飄揚，紅光在屋樑上晃蕩。第三天夜裡，鑄劍師吩咐兒子繼續鍛打，黎明前不要停下，就在一旁躺下，沉沉睡去。兒子以為父親是疲倦不堪了。

鏡頭切到鑄劍師的夢中。他置身於一片荒野，星月朦朧，遠處閃現一團火光。鑄劍師走上前，見火焰邊坐著一個老者，回過臉來，竟是他的父親，但比父親去世時更加蒼老。他向他跪拜，但對方並不理睬，只是木然地抱膝而坐，一會盯著火焰，一會看看天空。鑄劍師知道這便是祕法。劍身用隕鐵鑄造，隕鐵是夜空的碎屑，因此要用整個夜空熬煉出的汁液來淬火。那種汁液叫做玄漿，一柄劍所需的量，要用掉九千個夜晚才能得到。他見到父親身旁有一隻罈子，不知裡邊已盛了多少，也不敢問，在火焰邊恭敬地跪坐著。他想到父親的亡靈一定是預先知道他要遭逢劫難，為了他的性命和榮耀，每夜在這守著火焰，替他煉製玄漿，心中感激。過了許久，天似乎快亮了，父親將罈子放上火焰，火舌從四周圍攏，托起那罈子。漫天夜色像黑色的細沙一樣被吸進罈口，天光越來越亮，罈子裡漸漸盛滿濃黑黏稠的液體，表面泛著幽藍光澤，罈底有細小的銀塵旋動，他知道那是群星的渣滓。天徹底亮了。四周是他從未見過的草木，天際群山的輪廓也極其陌生。父親像疲倦得說不出話來，示意他喝下那玄漿。他猶豫了一下，端起罈子，艱難地喝光了。畫面模糊起來，鏡頭搖晃，他倒下了。他伸手抓了一下，父親沒有扶他。失去意識前，他注意到父親的臂膀上有一道傷疤，從肩至肘。

鑄劍師醒來，見到兒子掄錘的影子在牆上舞動。他起來，面牆呆坐半晌，如有所悟，神情悲苦，取來匕首和陶罐，小心地割開自己的手臂。黑色的汁液湧出來，流進陶罐中。掄錘的聲音停下了，鑄劍師喝令兒子繼續鍛打。過了一會，黑水流盡，之後才是鮮紅的血，兩者涇渭分明。兒子又驚又懼，幾乎忘了給父親裹傷。包紮妥當，鑄劍師嚼了一塊藥草，恢復了些體力，忍痛起身完成了最後的鍛打。他夾起燒紅的劍刃，小心地插進陶罐。並沒有嗤的一聲。片刻後，罐中的玄漿已少了一半，劍刃像飲水一般吸取著汁液。陶罐乾燥之後，抽出劍來看時，劍身已彎彎曲曲，如同水中的倒影。劍長約二尺，黑中泛藍，紋理自動，流轉不停，像一道被約束的波瀾，或二尺長的深淵。鑄劍師給它起名叫尺波。他將它劈向鐵砧。劍刃毫無阻力地穿過了。抬起劍來，鐵砧竟完好如初。第二天清早，鑄劍師進宮獻劍的時候，家中的兒子已尋不見那塊鐵砧了。

國王遠遠地望見鑄劍師手中所捧的劍時，便驚訝地站起身來。看樣子和他夢中所見毫無二致。國王摩挲著劍身，癡迷地凝視著上面的花紋。試劍時，它無聲無息地穿過任何事物，如劈風，如搗虛，卻連木頭也無法斬斷。那劍刃在這世間就如同幻影，或者世間萬物於它如同幻影。只有國王和鑄劍師能觸摸到劍身，因為那是他們夢中之物。尺波劍自然無鞘，也不能放在匣中，劍柄經過鑄劍師改制，放置時以柄觸地，可以直立。但似乎無此必要，國王幾乎日夜劍不離手。鑄劍師領了賞回去，此後再不鑄劍，像用光了餘生的精力，每日間呆坐，天一黑便倒頭睡去。

一次飲宴中，國王有心嚇唬眾人，揮劍向宮女們沖去。她們花容失色卻毫髮無傷，引得國王狂笑不已。到了後半夜，被劍刃刺穿過的宮女逐個消失了，酒壺和扇子摔落在地上。只被劍刃觸及的幾個宮女倒還安然無恙。國王召來鑄劍師詢問，後者像剛睡醒，嘶啞地說，似乎是這樣，被尺波的劍刃穿透的事物會漸漸消失。我只是鑄造了它，並不能理解它。國王點點頭，讓他退下了。

鑄劍師回到居所（原先是簡陋的木屋，現在已堂皇之極），躺下，開始做夢。鏡頭又回到那片荒野。同樣的草樹和山形。星月朦朧，鑄劍師漫步走著，挑了一處偏僻的所在，端坐下來，喃喃低語，召喚出那團永不熄滅的火焰。

張煥說，他不記得片子是不是在這裡結束，後邊他似乎又睡著了。事後回想，情節仍無比清晰。他翻來覆去地想那故事，原先不理解之處都豁然貫通了。庇護鑄劍師的不是他父親的亡靈，而是居住在火焰中的真神；那老者不是他的父親，是他自己。神應許了他的祈求，讓他夢到了九千個夜晚中的最後一夜。他預先支取了果，再用餘生的每一夜來積累因。那團火焰每夜燒灼著夜空的底部，他一點一滴地收集從夜色中提煉出的汁液，再在九千個夜晚之後，等待自己夢見自己，讓他喝下玄漿——也許唯一能將夢中之物帶回現實的方法，是讓它成為自己的一部分。這樣便能解釋老者的疤痕，也能解釋鑄劍師獻劍之後的行為：對他來說，從此夢是漫長的煎熬和守候，清醒是休憩。

因不知片名，也不認得其中任何一個演員，張煥此後多方查找都無果。他開始懷疑這是一個夢，但不相信夢中能想出這樣的情節。他曾想動筆寫成小說，又擔心確實有這樣一部電影存在。當年籌辦刊物時，眾人各想一個名字，張煥隨口說了劍名，結果得票最多。沒人能猜到尺波的原意。我聽到故事中間，便已明白他為何特別在意我那篇短文。這時纜車已到站，一個和方才十分相像的管理員過來開門，張煥對他說，我們再坐回去。管理員便面無表情地關了門。纜車繞了個彎，又回到空中。峽谷今天雲氣騰騰，幾乎可稱作雲海。念珠在白茫茫天地間徐徐撥動著，我們端坐在其中一顆。

那天夜裡我祖父陳蕉在大霧中迷失了來路。他踉踉蹌蹌走了半天，睏倦不堪，又擔心山中有虎，就爬上一棵樹，抱著步槍，在樹杈上睡了半夜。估摸著快要天明，他便繼續前行。霧漸漸散了，荒草間的樵徑已依稀可辨。忽然他望見遠處山坡下有一點橘紅色的光，閃爍搖擺，也許是農舍的窗口。但沒路過去，他在一片深可及膝的鐵芒萁裡艱難地向前挪動著，穿過杉樹林，走近了一看，是個塌陷下去的小山谷，火光在谷底。火邊一個佝僂的人影。他覺得有些詭異，大著膽子過去，先喊了兩聲，那人回頭看他一眼，神情呆滯，又轉過身去。從身後打量，見他頭髮灰白蓬亂，衣著古怪，雙臂裸露在外，異常結實，為紅光勾勒出筋肉的丘壑。左臂一道長疤，醒目可怖。祖父心想也許是附近村莊的瘋子。舊時村裡近親通婚，幾乎每個村都有幾個瘋傻的人。黎明前山裡濕冷得很，早春時節，祖父只穿了一身單衣，便在火邊坐下，想暖和一會，等天大亮了再走。這人既在這裡，附近必有村莊。那人也不搭理他，兀自癡癡看火。烤了一會，暖意和睏意一同襲來，迷糊中，祖父注意到一件事，頓時坐直了身子。那火底下沒有灰燼。乾乾淨淨的，像平地湧出的一團紅蓮。祖父心知是遇到鬼了。據說五更天叫鬼呲牙，天將亮未亮之際，陰陽交界，鬼多在這時活躍。祖父不動聲色，慢慢站起身，一點點向後退去。見那人正抬了頭，盯著火團上方的天發愣，像全沒察覺，祖父愈退愈快，到了山坡，便轉身飛奔上去。跑了一陣，回望火邊那人，見他仍待在原地，火光顫動，影子在地上一伸一縮。祖父稍稍放心，一路疾走，直走到天光微亮，才遇到一個早起的村民，為他指點了道路。

這件事祖父沒向部隊裡透露過，當時的風氣，怕被人嘲笑迷信，也影響進步。那晚的回憶確實一直妨礙他成為一個徹底的唯物主義者。多年後，他因公事去了一趟東峰尖附近的上鏤村。他裝作不經意地談起那次經歷，將主角替換成他的朋友。一個村民說，有這樣的事，當地叫做「鬼熬夜」。鬼還熬夜啊？村民說，真的，是真的熬，熬粥那樣熬。你看黑黑的天像不像一口鍋底？有人說是熬來吃的，那是荒年的惡鬼。有人說他是在修煉，吸天地的精華。鬼火有時在山坳上，有時在山澗下邊。那一帶天一黑沒人敢進去。我小時候走夜路，有一次也隔著樹林望見過鬼火的光。這些年改天換日，東方升起紅太陽，照到哪裡哪裡亮，鬼才不見了。一位曾在該村任教多年的老教師說，鬼他是不信的，不過確實有件怪事。按說山裡天該亮得晚，但他在上鏤村教書的二十多年裡，就東峰尖那一圈，天比外頭亮得要快一些，大約會快上一刻鐘。

祖父去世幾年後，我盡量不加修飾地寫了那篇短文。鬼熬夜之說似乎在別處罕聞，我向來有些長爪郎之癖，對這事格外留意。文章寫成後一年，我又意外獲得了相關的材料，因為懶，還沒添進文章裡去。我在友人處得到一本民國時上海某大學的校刊《寢於淵》，一九四六年第十期，紀念魯迅先生逝世十周年的專刊。上面有一篇題為〈飲夜〉的散文詩，文筆稚拙，卻引起我的注意。作者在詩中提到他故鄉的傳說，有種鬼魅熬煮夜色為食，他以之比喻大先生，「他飲下最濃烈的夜，天便亮得早一些。人們歡呼著奔出門；山頂上，猛士卻倒伏于毒血。」作者叫郭雨辰。我拜託該校一位教授查了檔案，應當是一九四二年到一九四六年間入學的。過了許久沒回音，我快忘記時，對方告知居然查到了。這人一九四三年考入該校歷史系，在校時便加入了地下黨，後來神祕失蹤。籍貫是福建省第八行政督察區屏南縣嶺下鄉雲鐔村。我查了查，那個村多年前已遷移。在地圖上測了一下，原址距離東峰尖不到五公里。

我正要把郭雨辰的事說給張煥聽，張煥先開了口，他說，後來他又夢到過一次。是國王的情節。王宮的格局、陳設與先前一次毫無變動。我不由想起了巫師的話。張煥說，國王已經老了，依然癡迷地把玩那柄短劍。國境內終於發生了一場動亂，叛軍直攻到殿上來。一圈矛尖向國王圍攏，他身前只剩下幾個負傷的親兵，徒然地舉著兵刃。叛軍首領喊話讓他繳械投降。國王歎了口氣，坐在御座上不動，猶豫了一下，將手中的尺波劍向叛軍首領擲去。幾面盾牌搶先擋在首領身前，但尺波逐一穿透了它們，穿透了侍衛和首領的胸口，直插入殿堂的石磚，然後消失不見。首領驚駭方定，莫名其妙，將國王囚禁起來，準備次日用最古老的刑罰處死他。次日清晨，幾個神態恭謹的人走進牢房，跪拜一地，稟報說叛軍首領已被王的神力抹除了。國王回到了他的寢宮，未及感慨，便招來幾位學者，向他們詢問劍的去向。一位學者說，大地是無窮無盡的，陛下，它將處於永恆的墜落中。另一位卻說，古代詩人吟唱過，大地是華美的毯子，神和歷代帝王在這一面用金線織就了花紋；另一面卻有另外的圖案，人只能在夢中窺見。大地是廣闊的書頁，神和歷代英雄在這一面寫下史詩；另一面有另外的詩行，人只能在夢中聽聞。見國王凝神傾聽，學者又說，曾有人在掘井時挖出一塊殘碑，碑上的銘文寫道：大地的另一面是夢中的世界；我們則在那個世界的夢中。國王低聲重複著這句話，沉吟半晌，問道，那麼我的劍？陛下的劍將穿透大地，所用的時間不可計量，也許在千載後，也許便在下一秒。國王嗒然若喪，示意他們退下，呆坐在鎏金的御座上。張煥的夢便在這裡結束。

事件紛繁，但並非不可理解。我們討論了一陣，又各自沉思起來。線索的交匯點無疑是鑄劍師：張煥夢見了他和國王的故事；鑄劍師在夢境中守著火焰；祖父在他的火光邊一閃而過；我在山野傳說和一本舊校刊裡認出他的蹤影。張煥的夢也許印證了前半句銘文，祖父的經歷和當地傳說則印證了後半句。我們不再言語，似乎同時想到，在大地的另一面，也許有人正夢見雲中的纜車，夢到了這場談話……而那柄穿透一切，令一切化為烏有的劍，正在黑暗中以不可知的速度行進著，日日夜夜向我們奔來。纜車運行得極慢，幾乎覺察不到移動。窗外雲濤微茫，方才偶爾還有一痕青翠飄過，此時已一無所見。有一瞬間我懷疑大地已經開始消失了。

當晚我們在一家酒館聚會。我多喝了幾杯，盯著杯中晃動的酒，朦朧地感到，物質間有不可思議的流轉，也許祖父多年前穿過的那場大霧，經過長久的飄蕩、流淌和貯藏，最終成為酒盈盈在這杯中，構成我此刻的醺然。醺然中我又想起那柄劍。那柄烏黑的，在黑暗中潛行的劍。我不由自主地在腦中勾畫那蜿蜒的劍身和詭麗的花紋。我意識到此後我將夢見它，一次又一次，恐懼又著迷地夢見它。

二〇一九年三月六日

音樂家

伯牙乃舍琴而歎曰：「……志想像猶吾心也，吾於何逃聲哉？」

——《列子・湯問》

一、雨夜薩克斯

一九五七年秋夜的細雨（若有若無但確實存在過的細雨）飄灑在我想像中的列寧格勒上空，雨絲隨風橫斜，瀟瀟而下，將那些灰色樓群的外牆洇成深灰，模糊了許多透著暖黃色燈光的窗口，接著灑向街道，在一柄虛構的傘上化作綿綿不絕的淅瀝聲。持傘的男人豎起了大衣領子，頭戴黑色軟呢帽，站在沿街的椴樹下，隔著上方稀疏的黃葉，緊盯著街對面的十九號公寓樓。這是西郊一條僻靜的老街，夜裡行人寥落。街面用石磚錯落砌成，濕潤後顯得黑而滑膩，像某種巨大生物的鱗甲。一台嘎斯牌汽車歪斜地停在街角暗處，濕漉漉的車頂上已黏了不少黃葉。幾點橘紅色火星在擋風玻璃後詭祕地浮動著。

十九號公寓是一棟五層的混凝土建築，臨街的窗口這時半數還亮著，概無例外地拉著窗簾，每一團曖昧的燈光都像在密謀著什麼。一小時前，三樓一對夫妻壓低聲音爭吵了幾句。哪裡傳來煎鍋的滋滋聲。小孩的哭鬧。門與門框的碰撞。一聲拉長了腔的狗吠，淒厲得像在荒原裡叫……十點過後，這些聲音全被夜色吸納了，只剩傘布上的淅瀝聲不絕於耳，這給樹下的男人造成了一點干擾：他正在寂靜中搜尋另一種聲音。十一點一刻，雨大了些；期待中的樂聲終於出現了。它從五樓東側鬼鬼祟祟地飄出，細長的一縷，曲調詭異又輕浮，像在撩撥窗外的雨絲。男人凝神聽了一陣，確定聲源在五樓最東邊的窗口，便走到街燈下，倏地合上了傘。這是行動信號。街角那台汽車的前後車門同時打開，跳下來三個穿著相似的男人，疾步過來，和持傘的男人一道，衝進了公寓的正門。

幾天前，區民警局接到匿名舉報，稱這棟樓裡近期有人在深夜吹奏違禁樂器，聽聲音似乎是薩克斯。這種散播資產階級頹廢情調的樂器在列寧格勒久已絕跡，因此引起了警局的重視。早在一九四七年，蘇聯各大城市的薩克斯就已被強制收繳、集中銷毀，爵士樂手們紛紛改行，要麼進了古拉格——史達林不喜歡爵士樂。他的繼任者赫魯雪夫對音樂的態度時寬時嚴，但對爵士樂的厭惡始終如一。擁有一支能源源不絕傳播精神污染的薩克斯管，這和偷聽違禁唱片的性質完全不同：後者由人民志願糾察隊批評教育一番，記錄進檔案就行；前者則惡劣得多，或許得在西伯利亞的寒風裡敲上幾年石頭。

這隊便衣已經盯了三個晚上。吹奏者反偵察意識很強，頭一天只在黃昏時斷斷續續吹了幾下，沒法辨明位置，但已確定那是薩克斯聲；第二天毫無動靜；今晚他終於放鬆了警惕，也許因為有雨聲的掩護。

深夜的敲門聲讓整棟樓的寂靜綁得更緊了一些。每個驚醒過來的人都屏住呼吸，疑心剛剛被敲的是自己的房門。五樓的樂聲早在他們的腳步響在樓梯間時就已猝然停止，但沒有關係，樂器不會憑空消失。拳頭一下一下地砸著門，不急促，但持續不斷，威嚴而堅決。正當他們準備破門而入時，那門哆哆嗦嗦地開了。

租住在這間房裡的是大學生伊萬．伊里奇．瓦爾金，二十二歲，一個警員將他的資訊記在手冊上，其餘幾人已經著手搜查。都是行家裡手，十分鐘內，所有櫃門、抽屜全被打開，床墊被掀翻，沙發被割破，書籍、衣物和沙發裡掏出來的海綿扔了一地。意外的是，沒有發現薩克斯的蹤影。大學生看樣子並不知道被搜查的原因，撿起一本書舉到他們面前，怯怯地說這些都是審定的讀物，你們不該這樣亂扔高爾基文集。一個警員看向另一個，用責問的眼神確認他是否辨錯了位置。後者露出無辜的神情。一旁的民警隊長不禁暗暗懷念起史達林在世的年月，那時並不需要一把真實存在的薩克斯，只要有一點薩克斯存在的可能性，就足以將這個年輕人扔進監獄。這幾年來，這道手續變得略為複雜了。他走到窗邊點了一支菸，下意識往街上望了一眼。不可能，從這個高度把薩克斯扔到石砌的街道上，動靜不比開槍小。他決定還是先將大學生帶回去審問。這樣的新雛很容易在幾宿不睡後吐露實情。他沒注意到身後的瓦爾金已經臉色灰白。如果此刻隊長低頭審視，就會發現他面前兩掌寬的水泥窗台下方，用鋼釘牢牢固定著兩條細鐵索，鐵索貼牆吊著一隻木箱。木箱表面刷了一層水泥砂漿，顏色和牆面相近，即使在白天，從街道或從對面樓望過來，都很難覺察到箱子的存在，最多發覺窗台下的牆體凸起了一塊。箱子裡墊著毯子，裹著瓦爾金幾週前輾轉托人從黑市買回的薩克斯。那是剛才他在擂鼓般的敲門聲中匆匆拆卸後藏進去的。

隊長把菸頭摁滅在窗台上，轉身要發話時，樂聲再次響起了。眾人聽得真切，聲音就來自隔壁。曲調似乎不同，但音色分明就是薩克斯。幾個警員用刀剜般的眼神瞥了一下剛才在樓下盯梢的男人，魚貫而出，留下凌亂的屋子和驚魂未定的大學生。隔壁房門只擂了幾下便開了，開門的是個白髮蓬亂的老人。警員們還來不及問話，全都愣住了。老人手裡拿著一支漆黑的單簧管，正驚慌地看著他們。

「薩克斯管？我怎麼會有那種東西？」老人舉著手裡的樂器，激動地辯解道，「那是被西方文化毒害的年輕人才會迷戀的玩意。各位長官，看在我年紀的份上，不要開這種玩笑吧。」

老人的房間幾乎沒有搜查的必要。除了一張擺滿鐘錶零件和維修工具的桌子，幾件必要的傢俱外，別無他物。房間樸素得過分。小得像舷窗的窗戶拉著厚厚的簾子。床下一只皮箱已經拉出來，是放單簧管用的；使隊長稍覺疑心的是箱子上積著灰塵。但確實沒有薩克斯的容身之處。一名警員狐疑地說：「可你剛才吹奏的聲音確實很像……」

「這誤會是可以解釋的，我想長官們一定知道，薩克斯的起源正是單簧管，它是無恥的資產階級分子對單簧管進行的邪惡的改造，兩者間的區別就像修士和舞女一樣大……」

隊長最後想挽回一點面子，便問他剛才演奏的曲目是否合規。老人轉身從抽屜裡摸索出一本證件，遞給他，說，如果你們對樂曲的合法性有所質疑的話，請看看這個。我三年前退休時，已經在列寧格勒市樂曲審查辦公室服務了二十多年了。隊長看了看那本退休證上的名字：謝爾蓋．謝爾蓋耶維奇．古廖夫，照片和本人相符。他沒再說什麼，將證件還給他，一夥人便退了出去。

古廖夫鎖好房門，聽著腳步聲漸漸消失，定定神，正要回到桌邊重新工作，再度響起的敲門聲嚇了他一跳，雖然只是輕輕的兩下。「謝爾蓋．謝爾蓋耶維奇，您還沒睡吧……」門外是隔壁大學生那壓低了的嗓音。古廖夫將門開了一條縫：「什麼事？」「我，我不知道該怎麼感激才好，謝謝，是您救了我……以前從沒聽過您吹單簧管，剛才那是什麼曲子？我是說，太美了，真的……」古廖夫板著臉，低聲而快速地說道：「明天就去把你那該死的樂器處理掉，否則我就去舉報你。別連累到旁人身上。那聲音攪得我膩煩透了！」說完便合上了門。

大學生走後，古廖夫試圖繼續工作，卻發現難以做到。剛才吹的是什麼曲子？這問題也在他心中盤繞起來，使他屢屢分神。那曲調似曾相識，彷彿平日就潛藏在唇邊，一觸即發，但絕非他曾學過或聽過的。會不會是他審過的曲子呢？他閉上眼，讓那道旋律在虛空中流淌。過了一會，他觸摸到一些顫動著清光的微粒。那質感極其熟悉。但作曲者的身分在他記憶的迷宮裡不停地逃逸。他在黑暗中追逐著，卻一無所獲。

二、鐘錶和鳥鳴

謝爾蓋．謝爾蓋耶維奇．古廖夫因為健康問題，在五十三歲時申請了提前退休。上級肯定了他多年來的傑出工作，向他頒發了獎狀，但給的退休金是微薄的，不足以維持他在列寧格勒的生計；故鄉狄康卡已成了集體農莊，回去也無處安身。他決心不再碰任何和音樂沾邊的活計，就在城郊租了間小公寓，經過幾個月的自學，竟轉行做起了鐘錶維修。到一九五七年，他已經是列寧格勒頂尖的鐘錶匠了。他同時為幾家店鋪工作，但只在家裡做活。鐘錶店隔幾天就把一批最難修的活計送上門來，隔幾天再取走。主顧每次都很滿意。倒不是他在機械方面有什麼過人的天賦，而是他比任何人都更能享受這種需要心無旁騖、不帶絲毫感情色彩的工作。腦中空無一物的狀態，正是他多年來渴求而不得的。他像曾經對待音符那樣細緻、審慎地對待那些齒輪；前者折磨、引誘了他一輩子，後者則帶給他安寧。細小的齒輪像星體一樣完美地運轉著，將時間研磨成均等的顆粒。晶體般潔淨的滴答聲憑空堆積著，閃爍著無與倫比的秩序美。他喜歡這種透明、安全的聲音，喜歡看著自己修好的各式各樣的鐘錶擺滿一桌面，然後在滿屋子繁密的滴答聲中進入無夢的睡眠。

他的單簧管已經多年不動了，作為一件少年時代的紀念品，躺在他床下的皮箱裡，日夜喑啞著。幾天前的雨夜，他聽著隔壁的騷動，出於同情和急智，猶豫再三，終於取出單簧管來，隨口吹了一段。他故意將音色吹得亮麗、豐滿，弄出近似薩克斯的效果，替那年輕人解了圍。然後就不安地等待著，等著房門被粗魯地敲響，等著質問和辯解，等著紛至遝來的幻象；同時在樂聲中又感到一點奇異的快慰，像多年戒酒的人再次陷落於酣然。這些天來，他思緒很亂，工作效率一反常態的低。那一段隨口吹出的旋律，像一小汪春水，在他心底搖漾著；捧不住，也截不斷。一些舊事像杯底的沉渣，因那旋律的翻攪而浮動起來。他像是無意中念出了禁忌的咒語，結果召來了往日的幽靈。

這天黃昏，一隻鳥飛落在古廖夫的窗前。它抖抖翅膀，擺了擺脖頸，鳴叫起來。老人從一堆鐘錶零件中抬起頭來，摘下寸鏡，向窗口張望時，那鳥已撲刺刺飛去了。古廖夫認得這種啁啾聲。清亮，恣肆，歡暢得似乎過了分。他合上眼，以那聲音為線條，在心裡一點點勾畫出鳥的樣子：尖細的喙，漆黑的眼睛，腹部有雪點似的白斑，黑色毛羽上閃著銅綠和紫霞般的光澤……

「莫札特的寵物，」一個極熟悉的嗓音在耳畔向他說道，「紫翅椋鳥。這種鳥終其一生……」那是四五十年前了，在狄康卡，是他的音樂教師尤京娜老夫人的嗓音。他十歲出頭時，每天和另一個孩子一起到她家中學習單簧管。在那所老宅後邊，幽暗的雲杉林中棲息著數不盡的椋鳥，日落前後叫聲如密雨一般，有時幾乎影響到他們練習。這種鳥性子活潑，愛炫耀，喜歡模仿其他禽類的唱腔，有時聽多了他們的演奏，也能學著啼囀出某一段旋律來。尤京娜夫人是個孤僻而迷信的老太太，喜歡孩子，會好幾種樂器，獨自和一個老女僕在祖宅裡居住。她對鄉間的神怪傳說和音樂家的典故同樣精通，常在休息時向他們說上一段。說木精靈、水妖、雪姑娘、沼澤下的寶藏、樹洞裡的魔鬼；也說巴赫擲出的假髮、莫札特的桌球、勃拉姆斯（布拉姆斯）的林中漫步……有一天傍晚鳥聲如沸，蓋住了她的講課聲，她只好停下，無奈地微笑。

「莫札特的寵物，」她說，「紫翅椋鳥。這種鳥終其一生沒旁的事，就是學唱到處聽來的曲調，更多的是逞喉亂叫，牠們是在找自己的灰燼之歌呢。」她說莫札特曾在店中聽到一隻椋鳥唱出了他的協奏曲中的一段，驚喜非常，將牠買回去精心飼養。幾年後這鳥去世，莫札特還給它舉行了小小的葬禮。她說她兒時聽一個教堂管風琴師講過椋鳥的傳說。說是上帝每造出一隻椋鳥，就造出一段旋律，和牠靈魂的形狀完全一致，藏在世間某處，讓這鳥去尋找。也許在泉流中，也許在樹梢的搖盪中，也許正盤旋在某個人的腦子裡。椋鳥終日亂叫，探索著新的調子，也學牠聽來的任何聲音，就是為找牠的旋律。一旦被牠偶然唱出，椋鳥的形體就會立時化作灰燼，而牠的靈魂就鑽進那旋律裡，再也不出來了……那麼，這隻椋鳥就死了嗎？古廖夫問。不是死，是進入了音樂的世界了，那是比塵世更接近上帝的地方……尤京娜夫人說她的母親就目擊過椋鳥成灰的過程。她母親曾是莫斯科有名的大提琴家（這是她唯一一次提及親人），十六歲時一天練習結束後，發現譜架上落了一隻椋鳥。那鳥旁若無人，昂首鳴叫，竟然唱出了她練習了一下午的賦格曲中的一小節。牠起初唱得不太準，反覆幾遍，終於對了。忽然那椋鳥張大雙翅，又合攏，黑色的身子扭曲成一團，頃刻間潰散成無數灰燼。灰燼在空中飄揚，她母親看得真切，每一粒都是音符的形狀。音符又破碎成更多更小的音符，隨即飄散殆盡。她母親發誓那是真的，但尤京娜夫人的祖父母都以為她是練習過度而產生了幻覺……這故事當時給古廖夫留下了極深的印象，此後他再也沒聽人說起過類似的傳說。事實上，自從他十八歲離開故鄉來到列寧格勒（當時還叫彼得格勒）以後，就幾乎再沒見過椋鳥了。

桌角的小座位鐘忽然敲了七下，叮，叮，叮……一圈圈銀亮的，冰涼的漣漪在古廖夫眼前擴散開來，驅走了幻想。窗外天已黑透。古廖夫開了燈。他聽見燈光在電線中涓涓流過，然後從燈盞中溢出，照亮那些細小的零件和他的白髮。他再次嘗試著把心思聚攏在一只懷錶的擒縱器上，卻總也做不到。古廖夫歎了口氣，正要關燈就寢，門卻被篤篤地敲響了。

三、檔案和蟻穴

檔案室的桌上放著四份材料。這是警員庫茲明花了兩小時，從故紙堆中挑揀出來的。他意識到其間存在著某種關聯，正在理清頭緒。他拿起咖啡杯，啜飲了一口，從頭看起。

第一份是一九五七年十月二十七日夜間的一次出警記錄。那次行動庫茲明也參加了。他被指派在街邊監聽，確定樂聲從哪個窗口傳來，但他似乎出了差錯。出警記錄裡簡單地寫著他們搜查了大學生瓦爾金的公寓，未發現舉報信中所說的薩克斯管，於是收隊；自然沒提及那場令人尷尬的單簧管的誤會。但是出於嚴謹的習慣，庫茲明在他的記事本裡記下了老人的名字。他在居民個人檔案中找出了大學生的檔案，順手也找出了那老人的，都放在一旁，稍後一併細看。

第二份材料是一個「鯊魚」的口供。所謂鯊魚，是指在街頭販賣違禁品的流動小販。口供的附件是一隻證物袋，裡邊有一張X光片，印著一顆不知屬於何人的顱骨。X光片的邊角已被裁去，剪成了一個不甚規整的圓形，正中央開了小孔。庫茲明將它舉到燈下端詳，迎著光看見X光片的表面上淺淺地刻著許多圈細密的圓環，以那小孔為圓心，如同樹木的年輪。他知道這是一種簡易的唱片，音質差，也容易損壞，但因價格低廉，近兩年在列寧格勒的地下音樂圈很受歡迎。黑膠的成本太貴，膽大妄為的青年們就從醫院裡低價收購廢棄的X光片，用來燒錄官方禁止的西方爵士樂和搖滾樂，偷偷在街頭兜售。X光片的材質薄軟，富有韌性，可以卷著揣在袖筒裡，便於攜帶和交易。因為印著各部位的骨骼，被稱為「骨碟」。列寧格勒至少有兩三個團夥在大量生產骨碟，十分猖獗。這張骨碟正是從這小販身上搜出來的。他處於管道的最末一節，進貨出貨的量又少，沒什麼訊問的價值。口供裡寫道，他只知道到不固定的場所，向不認識的人（戴了墨鏡和口罩）付款，再到指定的地點（儲物櫃或公園的石凳下）取貨，對上游的情形所知甚少。他被判了兩年勞改。

庫茲明搬來一台唱機，將骨碟安上唱盤，那小孔正好套進轉軸，然後放下唱針。那只顱骨便旋轉起來，音樂隨即飄出，像從顱骨裡搜刮出的記憶。雜音很大，淅淅瀝瀝，一個女人唱起來，像是站在細雨中雍容地唱著。連唱了五六首。庫茲明聽不懂英文歌詞，不知是什麼曲子，覺得並不難聽。幾曲過後，靜了一會，他以為放完了，這時傳來人聲，用俄語低聲說了幾句，重又寂靜。片刻後，響起了薩克斯的聲音。像是現場錄音。那樂聲搖搖嫋嫋，先是奏出一段頗為動人的旋律，隨後開始光怪陸離的即興，架子鼓在一旁雜亂地和著，末了，響起一陣零落的掌聲和口哨。這是一群人，庫茲明想，是一次地下演奏會。他們不但翻錄西方的爵士唱片，還在最後加進自己的演奏。據他了解，這種骨碟賣得尤其好。這也是區別於其他骨碟團夥的重要特徵。

前幾天那次落空的搜捕行動前，庫茲明原想著如果能逮住吹奏薩克斯的人，也許能逼問出黑市裡售賣薩克斯的線索，再沿著這條線索，沒準能找到那個燒錄骨碟、同時演奏薩克斯的團夥；運氣好的話，也許吹薩克斯的就是那團夥裡的人。然而失敗了。一次小小的，但是可疑的失敗。疑點一是，庫茲明不太相信自己會辨錯窗口，他的聽力一向很好，而且他總覺得在樓下聽到的樂聲和老人吹奏的單簧管，雖然像，但似乎不盡相同。疑點二，是那老人吹奏的時機。那種集體公寓的牆壁薄，隔壁發生了什麼老人一定聽得清楚，在那樣的時刻突然開始吹奏，這太奇怪了。如果老人是刻意打掩護，是不是說明真的有一支薩克斯存在？只是他們沒能找到。疑點三，和案情關係不大，完全出於庫茲明個人的好奇，即那老人提到的樂曲審查辦公室是個什麼機構？他以前聽說過，但不甚了解，只知道那裡被外界稱為「聖所」，似乎頗為神祕，連機構位於列寧格勒何處他都不知道。

他拿過兩個人的檔案，猶豫一下，決定把更有趣的留在後頭，先看大學生瓦爾金的。瓦爾金的檔案很薄，畢竟還年輕。他埋頭讀了一會，只發現一處不尋常的地方：裡邊有一則記錄，提到瓦爾金和一群奇裝異服的青年阿飛有來往；在一次舞會中，有人用小號吹奏曲調頹靡的音樂，幾個人跟著哼唱，其中有瓦爾金。接到舉報的人民志願糾察隊破門而入，當場扭彎了小號，用剪刀剪掉了幾個人顏色誇張的褲子和向上翹起的飛機頭。因為小號也能演奏古典音樂，糾察隊鬧不清當時吹的是否違禁音樂。這事性質不嚴重，但也算有了音樂方面的前科，值得留意。此外沒什麼可供挖掘的資訊了。

這時已過了夜裡十二點半。庫茲明正拿起古廖夫的檔案，值夜班的另一名警員推門進來，問庫茲明要不要一起喝一杯解乏。他客氣地謝絕了。庫茲明今年二十八歲，瘦小，安靜，戴厚厚的眼鏡，表情常過於正經，在警局裡並不受歡迎，事實上常被人嘲弄。比起出外勤，他更情願做些文職工作。當初他申請來這間分局，就因為這兒有全列寧格勒最大的檔案室。他經常在下班後借了檔案員的鑰匙，幾小時幾小時地埋頭在文件堆裡。在那裡他感到如魚得水。其實他看的多半和工作無關，只是出於個人癖好。他沒料到這癖好促使他鍛鍊出了卓越的資料分析歸納能力（多年後他將因這能力被招募進克格勃，從而得到許可權看更多的資料），只是隱約地意識到，這種看檔案的癖好和他小時候養螞蟻的癖好，其實是同一種。

庫茲明自小羞怯，文弱，習慣了受欺負，因此對其他警員的作弄處之泰然。他童年唯一的愛好是用玻璃箱盛滿土壤，在裡頭養螞蟻。螞蟻們渾然不知巢穴的每個角落都已暴露在人類的目光中，依舊忙忙碌碌地挖掘，搬運，分泌，搖擺著觸角。玻璃是多麼奇妙的物質，讓地底的祕密一下子變得直視無礙。他精心地伺候著牠們，又頻頻製造著災難，往洞口灌水，薰煙，間或隨機碾死一兩隻螞蟻，或者扔進一隻馬蜂。看著蟻群一團潰亂，他忽然意識到這原是屬於上帝的享樂。庫茲明每天迷醉地瞧著，擺弄著，直到有一天那玻璃箱被高高舉起，在他的尖叫聲中，被憤怒的父親在地上摔得粉碎……而現在，他可以從容地坐在巨大的檔案櫃間，在明晃晃的燈光下恣意流覽，再也無人干擾。庫茲明感到一陣幸福，他覺得整個城市都放進他的玻璃箱了。

他呷了一口咖啡，翻開古廖夫的檔案，津津有味地看起來。

四、聖所

一九〇一年八月出生。烏克蘭波爾塔瓦省密爾格拉得縣人。父親是鄉村醫生。一九一九年進入彼得格勒音樂學院作曲系，成績優異。一九二〇年春，在一次遊行中被槍托砸中了額頭，腦部負傷，因病休學一年。畢業後留校任助教，五年後升為講師。一九三〇年，他的導師因一封不謹慎的書信被捕，古廖夫也接受了審問，最終被釋放了。但他也失去了職位，有兩年沒有工作記錄，不知靠什麼維生。一九三二年，他被列寧格勒市樂曲審查辦公室招募了。工作期間表現良好，從未出過紕漏。一九五四年，因喪失工作能力而獲准提前退休。

庫茲明翻到下一頁，見到用迴紋針夾著一份診斷報告，時間是一九三一年底。報告裡充斥著艱深的術語，庫茲明只看懂開頭幾句：「腦部曾受硬物撞擊，造成短時間昏迷。傷癒後產生強烈的通感反應，主要集中在聽覺方面，持續多年。」指的應該是一九二〇年那次負傷，庫茲明想道。末一欄的結論寫著：「經測試，通感五級，達到報送標準，予以推薦。」底下是醫生潦草的簽名。奇怪的是，這份報告是抄送給列寧格勒市文化管理局的。第二年，古廖夫就進入了那個被外界稱為「聖所」的辦公室。這兩者間有什麼聯繫呢？庫茲明決定非弄清楚那機構不可。

直接詢問是不可能的，他不是克格勃，沒這個許可權。他咬著指甲想了一會，去一個架子上翻出一九五四年列寧格勒市政府部門退休人員名單。十五分鐘後，他找到了古廖夫的名字。那年他的部門只有他一人退休。庫茲明又翻看前後幾年的名單，發現去年有一個叫基利洛夫的人從樂曲審查辦公室退休，名單上寫了住址和電話號碼。這是庫茲明自己摸索出的訣竅：要了解一個機構，沒有比審問退休人員更好的法子了。他們像飄墜在旁的枯葉，脆弱無用，卻藏著整座森林的祕密。他隨即抄起桌上的話筒。這是他慣用的另一招：在沒有權力拘捕審問時，就以官方的名義在深夜給人打電話，無論他想問什麼，被驚醒的人既想不到懷疑他的身分，也來不及構思謊言，都會在電話那端顫抖著吐露實情。

接電話的正是基利洛夫。老人似乎剛醒，嗓音渾濁。庫茲明告訴他自己是民警局的，卻不說什麼事，只是親切地問候他的退休生活。對方迷惑了，小心地說現在在為一家劇院工作。具體什麼工作，他說得含糊，庫茲明大致猜到了，這老人是憑藉他多年的工作經驗，給劇院提供指導，教他們如何修改歌舞劇的樂譜才更容易通過審查。庫茲明又閒聊了幾句，這才提起古廖夫。

「不算熟，」基利洛夫說，「沒錯，他過去是我的上級，很多年，不過我們除了工作外不怎麼接觸。很出色，他的能力是我們中最強的……」

庫茲明問他們是怎麼被招募的，以及這機構的運作機制。對方猶豫起來，似乎在懷疑他的許可權。庫茲明和藹地說，沒關係，如果電話裡不方便告知的話，明天他可以登門拜訪，或請他到警局配合調查。基利洛夫囁嚅了一會，便把他知道的事情都說了出來。

一九三二年，蘇聯作曲家協會成立後，官方決定設置一個專門的辦公室，負責樂曲的審查工作。過審的樂曲才能在音樂廳和劇院公演，或出版樂譜。在此之前，審查工作由劇碼審查總委員會總攬，採取的是委託專家制，即將政治方面無瑕疵、藝術方面有造詣的音樂家納入專家庫，委託他們負責樂譜的審查和評定。這時期存在的最大問題是專家的可靠性難以保證。一則藝術家之間要麼有交情，要麼有齟齬，難以確保不徇私，二則是專家本身也是創作者，也許今天還在專家庫裡，明天就被定罪；定罪後經他審定的曲目又得全部推翻，從頭來過。必須要有更科學、更精細的審查制度。

最初的構想來自日丹諾夫同志。他創造性地提出將音樂轉化為其他感官上的體驗，如轉成具體的圖像來進行審查，從而將審查過程變得可見、可覆核。他聽取了多名科學家的建議，最終制定了招募聯覺人的計畫。聯覺人即視、聽、嗅、觸、味覺相互連通，觸此及彼的人。這些聯覺人經過充分的政治教育、必要的樂理訓練之後，就成為測試音樂安全性的可靠儀錶。審查方式大致如下：讓多名聯覺人聽同一首樂曲，將音樂在他們腦中激起的形象分別記錄下來，再比對多份記錄，由等級更高的聯覺人篩選把關，就能在很大程度上彌補聯覺的不確定性：例如同一段旋律，有人聽出了霧靄，有人聽出了湖泊……最終得出一份針對音樂內容的形象化描述，由主管領導對這份描述進行意識形態方面的審查。這是最接近科學，或者說看起來最科學的音樂審查辦法了。

個別音樂界人士提出了異議，認為標題音樂指向具體的意象，也許可以這樣操作；可無標題音樂只是樂音的單純流動，或蘊含某種難以言說的情緒，怎麼能用印象派的方法來剖析意象呢？日丹諾夫同志一針見血地指出，沒有反映深刻社會內容的音樂，就是脫離了實際的形式主義音樂。完全的無標題是不允許的，送審時必須標明樂曲的基本內容。他還風趣地舉例說明：顧客在吃一道菜肴前，要求廚師說明菜肴的原料，是理所當然的權利。發言在熱烈的掌聲中結束。最初提出異議的幾位鼓掌得尤其使勁，大顆的汗珠從他們蒼白的臉頰邊震落。他們似乎聽見了筆尖在自己名字上劃線的聲音。

該方案得到了史達林同志的大力支持。一九三二年在列寧格勒試點運行，兩年後在各大城市推廣。樂曲審查辦公室是出版保護總局和文化管理局的聯合機構，它將原先分散在多個部門的音樂審查職能集中起來：審查演奏會曲目、待出版的曲譜集、歌劇樂譜（歌詞由其他部門審查）、電影配樂（劇本由其他部門審查）……它的標誌是一面刻著五線譜的銀盾，意味著護衛全蘇聯人民的耳朵。一九四八年，日丹諾夫病故後，他的繼任者「灰衣主教」蘇斯洛夫保留了這一制度，並擴大了辦公室的編制。

辦公室設在西郊一所修道院的樓上。這座建築相當古老，白牆藍頂，隱沒在深濃的橡樹林中。修道院在革命後關停了，二樓改成博物館，堆積著一幅幅從各處拆毀的教堂裡卸下來的聖像畫。這兒名義上是博物館，可從不對外開放，只能說是一座文物倉庫。聯覺人每天上下班，都要從那些聖像畫前走過，穿行在燦爛的圖案和靜穆的面容之間，無可避免地產生種種難以言喻的幻象。他們多數不苟言笑，腳步遲緩，真的像一群修士。經過一條旋轉樓梯，就進入三樓的審查辦公室。

每天上午，都有一大摞樂譜投遞到一樓的傳達室。辦事員先將作者姓名登記在表格中，填上一個編號；檢查樂譜上是否有署名，有的話用墨水塗掉，再用號碼章蓋上相應的編號。這是為了確保公正性。然後才將這份匿名樂譜放進傳送文件的小電梯，穿過中間樓層的聖像倉庫，升到三樓。三樓劃分成許多隔音的小間，每人一間，一般配有一張辦公桌和一件樂器。審查員按譜演奏一番，閉目感受，然後詳細地寫出眼前浮現的景象，有時也記下氣味、味道和觸感，作為評定的佐證。有的作曲家偷奸耍滑，自己也說不清這曲子講的是什麼，只好隨手安一個標題，如伏爾加河的波濤，白淨草原的月光；雄壯些的曲子就寫鋼鐵廠熱火朝天的轟鳴，原野上呼嘯而行的火車之類，期盼能撞上大運，恰好和某個審查員聽出的意象相符。這樣的概率極低。通常一份樂譜由五名聯覺人審查，提交的描述報告經古廖夫覆核、匯總，最後才上報給主管。通過審查後，再由傳達室按編號查出作者姓名，通知其領取排演許可證和出版許可證。未通過的不另行通知，直接銷毀樂譜。作曲家們背後將審查辦公室戲稱為「聖所」，不光因為那兒原是修道院，也因為內部過於神祕，甚至有人傳說那裡每天焚燒樂譜的火焰從不熄滅，就像聖所裡的七枝長明燭台一樣。作曲家之間常這樣對話：最近寫了什麼？別提了，又給聖所供奉了兩支蠟燭。意思是剛有兩篇作品被燒掉。這種污蔑是很不負責的，因為審查辦公室四〇年代起就用碎紙機處理樂譜了。

基利洛夫從小就有敏銳的通感，一度給他的生活造成困擾。他聽到急劇的剎車聲，嘴裡就會湧起濃烈的橡膠味；器樂一響他眼前就遊動著一團團色塊，顏色隨著曲調變幻；有時嗅覺和觸覺也會聯通，如聞到柏油味時他手心便感到一陣黏稠，幾乎無力張開。他們這樣的聯覺人通常都深居簡出，出門都得戴著耳罩和墨鏡，沒法勝任正常的工作。物質世界對他們的刺激太大了。他的神經科大夫看到了官方通告，推薦他去報名。經過了一輪又一輪受刑般的考核後——無非是給他們聽各種怪異聲音，要求描繪出腦海中出現的畫面——他和古廖夫同年被錄用了。聽說古廖夫是事故導致的後天性通感，但他的通感等級是最高的，又曾在音樂學院任教，業務能力無疑最出眾。

在聖所中，只有古廖夫的隔音間不設樂器。他有很強的內心聽覺，不用試演，只要讀譜，就能看見音符深處潛藏的形象。一般人因音樂產生的幻象是一團朦朧的色彩，飄忽不定的線條，古廖夫能把它們凝聚成具體的事物，描述出來，幾乎十中八九，簡直像占卜術或特異功能。他似乎能沿著曲譜追溯到作曲者創作時的心中所想，乃至潛意識裡掠過的景象，就像品酒師一沾杯沿，就能說出葡萄生長時的陽光雨露；或者如古生物學家，從一小截指爪化石中還原出巨獸的身影。曾有個別作者不忿作品被斃，層層申訴，直到看了古廖夫寫的描述報告，才記起構思時腦中一閃而過的畫面，只好服氣。據說古廖夫的校友肖斯塔科維奇也對他這項本領嘆服不已。

古廖夫的工作態度是很嚴謹的。有一回他們審一首嬉游曲，一個審查員的描述是「陽光下旋動的花環」，基利洛夫的描述是「草地上一群孩童牽著手轉圈圈」，其他人大致相似。古廖夫看了半晌，說，孩童們是在歡笑著做遊戲，但笑得有些虛假；你們沒注意到大提琴在低音部陰惻惻的徘徊嗎？有個人拿著武器在一旁逡巡，監視著他們的歡笑。這是什麼含義，你們好好想想。基利洛夫被他說得直冒冷汗。那個作曲家沒通過審查，覺得冤枉，把曲譜送去莫斯科的審查辦公室，結果過審了。演出反響不錯，但半個月後，《真理報》上出現了嚴厲的批評文章。作曲家害怕得自殺了，莫斯科的同行也受到了處分。

庫茲明用肩膀將話筒夾在耳畔，一手飛快地記著筆記。這和薩克斯管的事件毫無關係，甚至證明了古廖夫在音樂方面一貫小心，深知利害，不太可能會做出包庇他人的行為。庫茲明只是覺得滿足，像窺見了蟻穴中一條隱祕的隧道。他最後問了幾句古廖夫的私生活。

基利洛夫的答覆仍是了解很少，因為神經太敏感，他們業餘時間都沒什麼社交活動，大多是閉門獨坐。古廖夫的症狀比他嚴重得多，有時甚至分不清真實與虛幻。有一次基利洛夫在午休時走進古廖夫的辦公間，看到窗外的常青藤因無人修剪，已經纏上了窗沿，就在閒聊時撫弄起那枝葉。古廖夫略帶驚訝地說：

「啊，那些葉子是真的啊。我還以為是上午讀譜後看到的幻覺呢。」

年復一年，他一張接一張地讀譜，每一張薄薄的樂譜上都升騰起一座龐大而沉重的蜃樓。直到一九五四年，古廖夫的神經終於受不了那些幻象的壓迫與侵蝕，他暈倒在辦公桌前，因為在隔音間，直到傍晚才被人發現。醫生的診斷是神經過度衰弱，不能再進行腦力勞動了。他退休後，基利洛夫再沒見過他。

可憐的老傢伙，庫茲明想，他正要掛上聽筒，重新看一遍大學生的檔案，忽然想起一事，隨口問道：「他的單簧管吹得好嗎？」電話那頭沉默了一下，傳來疑惑的聲音：

「單簧管？怎麼可能。樂譜已經夠他受的了，何況是真實的音樂。他幾十年沒聽過一場音樂會，更別提自己演奏了。」

五、似是故人來

訪客離去時已是深夜。古廖夫仍呆坐著，聽著滿屋指標徒然地顫動，疑心方才是一個離奇的夢。他覺得似乎哪裡不太對勁，又說不清，像剛裝好一塊錶，卻發現多出了一枚齒輪。這一晚劇烈的情緒波動，弄得他疲倦不堪，無法思考了。

「請問，您是古廖夫同志嗎？」門開後，一個衣著破舊的老人站在走廊裡，凝視著他的臉問道，古廖夫一時想不起來者是誰。他臉上的皺紋比古廖夫更多，紋路更雜亂，但綻開時有一種孩童的光彩。

「是的，您是？」

「哈，真的是你，謝廖沙（謝爾蓋的昵稱）！你不記得我了嗎，我是穆辛啊，德米特里．德米特里耶維奇．穆辛，從前和你一道在尤京娜夫人那兒學音樂的。」

「米佳（德米特里的昵稱）？是米佳，蝌蚪米佳！我們多久沒有見面了……」

「四十，不，五十年了。」

古廖夫握著他的手，引他進屋。屋裡沒有茶炊和點心，也沒有酒，只好給客人倒了杯水。古廖夫把唯一的椅子讓給他，自己坐在床沿，兩個老友親熱地聊起來。古廖夫多少年沒這樣激動過了，右額邊的神經輕快地抽動起來，他說：「從前我比你高一個頭哩，你瞧，現在我們一樣高，也一樣老了。」

「老人和老人都有些相像的，」穆辛說，「這些年你過得怎麼樣？我在狄康卡聽人說，你已經成了列寧格勒的音樂專家了。」

古廖夫覺得尷尬，沒有接話，他問道：「狄康卡現在怎麼樣了？聽說成了集體農莊？那些樹林還在嗎？草原是不是被開墾成農田了？還有你最喜歡的伊寧深水潭……我記得那潭水上層是青綠色，潭底的水因為長年浸泡著松針，是深棕色的……」他熱切地說著，彷彿此刻就聞到了松樹皮的氣味，青苔和蛛網的氣味，黑麥揚花時略帶甜味的清香，野草被太陽曬得熱烘烘的香氣……

「都在的，一點變化也沒有，我成天都在那些老地方遊蕩呢。林子裡永遠那麼幽暗，星星明淨得像冰渣，晚霞還是那樣凝重地燃燒……連鳥叫聲都沒有一點變化：雲雀，鷚鳥，紅額金翅雀，夜鶯，紅胸鴝，還有那些紫翅椋鳥……」

古廖夫的眼眶裡泛起久違的溫熱。發生了那麼多事：戰爭，饑荒，清洗，動盪……而他們此刻竟完好無損地坐在一起，談論著聖境般的故鄉——只不過他們都被歲月磨蝕得不成樣子了。「那麼，米佳，這些年你都在做什麼呢？你還吹單簧管嗎？」古廖夫記得，穆辛的天分一直在他之上，當他還在苦學樂理時，穆辛就能寫幾支小曲了。

穆辛湊過頭來，像是羞怯又像故作神祕似的微笑了一下，壓低聲音說道：「其實我這些年來一直在作曲。寫得不算少了，我自己給作品編了號，已經到了op.116了。不過一次也沒公演過。上個月，我決定就此擱筆，但想找一位行家看看，我埋頭寫了一輩子，到底是個什麼樣的水準。謝廖沙，你願意幫我看看嗎？」他不知從哪掏出厚厚一疊譜紙來。

古廖夫心裡暗了一下，頭皮發緊，但實在說不出推卻的話，他接過來，點點頭，從第一頁看起。幾分鐘後，他聽到腦中有一陣冰層開裂般的聲響。他認得這曲子的質感。他一頁頁翻去，多變的曲風下是獨特的幽深與明澈。竟然多數都是他記熟的。古廖夫全想起來了，前些天他信口吹出的，正是眼前這故人的曲子。

大約從一九三七年起，古廖夫注意到，在投寄到聖所的稿件中，定期會出現一份令他暗暗鍾意的作品，雖然都是匿名，但他認出是同一人的手筆。這人各種體裁都寫，風格變化多端，起初走的是強力集團的路子，模仿穆索爾斯基的濃豔色彩；後來又遁入巴赫的殿堂和勃拉姆斯的迷霧；在幾首小品中他幾乎完美拓印了孟德爾松的閒靜和舒伯特的清朗；有一陣子他比薩蒂（薩提）還要薩蒂。他把巴羅克（巴洛克）風格、古典主義、浪漫主義、印象主義甚至無調性音樂都嘗試了個遍，後來融成一種極其鮮明的特質。古廖夫從中看出了大多數來稿所無法比擬的光芒。他留了神，每次收到這人的作品都先暗自賞玩一番。這些旋律引起的幻覺並不讓他難受。另一方面，他並非只專注於通感方面的審查，對世事一無所知，他明白就算自己網開一面，給予通過，這人的作品在意識形態方面也是不可能過審的。甚至可能因此遭到批判。他覺得自己是保護了他，使他免於更大的災禍。不談其中的意象，單是他的技法就過於精緻深微，很容易被扣上形式主義的帽子。上頭熱愛的是簡單、昂揚的旋律，是工人們頭天夜裡聽過，第二天上工時就能哼唱出來的曲調，那才是對群眾有益的音樂。有幾次，他壯著膽，將他尤其珍愛的幾首報送上去，結果很快就挨了領導的批評。他不敢再試探。在他退休前的最後幾年，那人不再有作品寄來了。

他放下譜子，漸漸感到一片荒蕪在胸口蔓延。他愧疚地看著燈下故人的面孔，無法遏制兩個念頭在心裡糾纏：是我毀掉了他的一生……我也浪費了自己的一生……古廖夫努力地告訴自己，即便自己不將穆辛的稿子斃掉，也會由別的人來斃掉；他這關過了，往上還有辦公室主管，那個不學無術的禿子，只會像審批文章一樣審批他們的描述；即便在他那兒也通過了，再往上就是危險的公演，樂聲像瓶中的魔鬼，一旦釋放就無法再收回，萬一飄入了某只厭惡它的尊貴的耳朵裡，一切就全完了……

「怎麼樣？」穆辛輕聲問。

「寫得很好，」古廖夫抬起頭，一字一頓地說：「我非常喜歡它們。」

「是真的嗎？你不是在安慰我嗎？」

「是真的，米佳。寫得很好。」

穆辛的嘴唇半張著，微微發顫，像要說什麼，卻歎出一口氣，繼而微笑起來，眼睛已經濕了。古廖夫避開他的目光，看向桌上那堆鐘錶，問道：「那麼，這些年除了作曲，你都在做什麼呢？」

穆辛沒有回答，沉默了一下，忽然歡快地說：「我近期打算舉行一場小小的演奏會。就演奏我的op.116，一首單簧管五重奏。我試寫過幾首交響曲，放棄了，我沒有那樣宏大規整的氣質。協奏曲也不行。最後我發現最適合自己的體裁還是單簧管的室內樂。這首五重奏是我最後的作品了。我摸索了一輩子似乎就為了寫出它——你還記得尤京娜夫人的話嗎——就像椋鳥找到了牠的灰燼之歌。它不是偉大的，卻是獨一無二的，是和我靈魂形狀最契合的容器了。只要聽它被演奏上一次，我就再也不奢求什麼了。」

「這麼說，」古廖夫難以置信地問，「你拿到排演許可證了？」他想，我離開得太久了，沒準現在審查標準不像從前那樣嚴了，或者審查員的能力不夠；也可能，不再有審查辦公室了？這念頭使他寬慰，又有些悵然。

穆辛像沒聽到似的，站起身，接著說：「我想邀請你作觀眾。我自己吹奏單簧管。樂隊已經在籌備了。過兩天，等我們準備好了，我就來通知你。」他興致勃勃地說著，道了別，就推門而去了。古廖夫想送他，追出去時，走廊上已沒了他的蹤影。

臨睡前，古廖夫躺在黑暗中，聽著身畔密密的滴答聲。回憶從聲音的縫隙中滲入，漸漸將他淹沒了。他想起在尤京娜夫人宅中度過的漫長而寧靜的夏天，微風揚起樂譜的一角，想起那些樹影，總是溫和地覆蓋著庭院，想起他和穆辛在林中追逐，穿過一束束朦朧的光線，來到伊寧深水潭邊，那片神祕的水面，在密林間閃爍著微光。在棕色的潭底，有一個小小的洞口，很深，據說一直通往冥河，村裡最勇敢的小孩也不敢往裡頭潛游。他想起穆辛最喜歡在那水潭中游泳——他之所以被人叫做蝌蚪，不光是瘦小，還因為總愛呆在水裡。古廖夫忽然明白，穆辛當時就已被他的作曲天賦折磨著了，他說過浸在水下，就聽不見腦子裡的音樂聲了……古廖夫又想起他們過去常被村裡的其他孩子欺負。直到有一天，他靈機一動，轉而和他們一起欺負起穆辛來，而且欺負得最起勁；那個小群體很快接納了他。他此刻終於意識到，這件小事是另一件事的排演，是預兆；他正是在多年後投入了另一個群體，轉而欺凌起他的同類，毀掉他們的心血……也許我是天生的叛徒。古廖夫沉痛地想。他記得穆辛總是在反抗，神情憤怒又茫然，不明白世上為什麼會有這種無緣無故的欺侮。古廖夫想起有一天，穆辛被追打著，躍入了潭中，他冒出頭來，大聲說他要潛進那洞口了，幾個孩子嬉笑著，說他沒這個膽量。古廖夫呆呆地站在岸邊，看著他倔強的頭顱消失在潭面上……

古廖夫猛地睜開眼，坐直了身子，像剛從深水中探出頭來一樣，大口地喘著氣。他想起來了：穆辛那天沒有浮上來，他就此消失在潭底的洞中了。大人們打撈了幾天也不見蹤影。他母親伏在岸邊放聲大哭的樣子古廖夫還依稀記得——穆辛死了，半個世紀前就死了。

六、幻樂

儘管民警庫茲明對古廖夫起了揮之不去的疑心，他依然認為案件的突破口在大學生瓦爾金身上。古廖夫一反常態的演奏，恰恰點出了他鄰居的嫌疑。他決定繼續盯瓦爾金的梢。只要拿到他的罪證，古廖夫的包庇罪（更可恨的是愚弄警察的罪過）自然也就成立，而不是反過來。這天夜裡七點鐘，瓦爾金離開公寓，吹著口哨，向城市北面走去。他踩著街邊的落葉，一路望著枯枝間升起的紅月亮，陶醉在深秋的風物和年輕人毫無理由的歡快中，對身後的跟蹤者全未察覺。

往北就進入了郊區深處，房屋漸少，景色愈加蕭索。這一帶散布著一些孤島般的別墅，主人只在夏季裡來住上幾天，其餘時候都鎖閉著，花園裡草莽橫生。別墅間是大片的野地，除了幾株鳥爪似的枯樹伸向夜空，沒旁的遮蔽物，庫茲明不敢跟得太近。月光下，只見瓦爾金的身影在荒野上輕快地前行，不像信步閒遊，倒像是有所奔赴。庫茲明預感到這一晚將會有收穫。

直走了兩俄里，野草間浮現出一條鬆軟潔白的土路，路盡頭升起一幢房子漆黑的輪廓。那應該就是他的目的地，庫茲明想著，加快了腳步，沒留神踩斷了一截枯枝。畢剝一聲輕響。瓦爾金驀地停下來，一動不動地站在路中央。庫茲明以為自己暴露了，正要匍匐到草地上，卻見他沒有回頭，只是緩緩轉向右側的灌木叢，像在諦聽著什麼。這時庫茲明也聽到了：一陣枯啞的嗚咽聲，夾雜著含混不清的話語，從灌木叢後邊斷續飄來。只見瓦爾金的身影猶豫著湊過去，隱入灌木叢的暗影中，片刻後，傳來他的驚叫：「啊，怎麼是您！謝爾蓋．謝爾蓋耶維奇，您這是怎麼了？」

穆辛登門後的幾天裡，古廖夫總是心神不定。傍晚時他丟下未完成的工作，出門透透氣。剛走出公寓，就見到穆辛正站在街對面的椴樹下，身上還穿著上次那件破舊的大衣，正衝著古廖夫招手，示意他過去。古廖夫驚疑不定，腳下卻不聽使喚，過了馬路。穆辛看起來精神煥發，微笑著說：

「咱們走吧。演奏會就在今晚。」

古廖夫再次向他確認曲目是否過審。穆辛沒搭理，抬腳就走，古廖夫不由自主地跟著。兩人漸漸出了城，步入一片野地。這時霞光未泯，深紅色的天空顯得哀豔。草樹，岩石，泥沼，泥沼中的汩汩流水，遠處幾座零落的房屋，被他們驚起的一群鶇鳥，還有鶇鳥的聒噪聲，白天時迥然有別的萬物，此刻都被黑暗熔鑄成同一件事物了，巨大而陰森，消泯了各自的邊界。穆辛一路興沖沖地向他數說著演奏家的名字：第一提琴手、第二提琴手、中提琴手、大提琴手……古廖夫越聽越覺詭異。這些人都是他年輕時熱愛過的大師，但已經多年沒聽到他們的消息了。其中有兩個還在服刑，就算活著出來也很年邁了；有一個據說已被槍決。古廖夫想，和我說話的一定不是穆辛，是穆辛的鬼魂，他組建了一支亡靈的樂隊……穆辛滔滔不絕地解釋著，為什麼某個位置要由某人來負責，換成另一位演奏家又為什麼不行；他自己的單簧管技藝雖然遠未臻完美，但那曲子是他寫的，簡直是從他肺腑間飄出來的，再沒有人比他更適合吹奏了；他說這樣一來，每一位演奏者都是最理想的，而古廖夫就是最理想的聽眾。古廖夫凝視著暮光中那張蒼老而神采奕奕的面孔，終於忍不住問道：「米佳，你真的是米佳嗎？可我記得……」

「耐心點，謝廖沙，」對方像早料到似的，鎮定地說，「你很快就會明白了。」

又走了一會。古廖夫忽然覺得景物有些眼熟，正在琢磨，穆辛領著他偏離了小路，繞過一片灌木，那兒藏著一個小小的水池，濁綠，池邊躺著一塊平坦的大石頭。他們拂掉石上的枯葉，並肩坐下。古廖夫越發疑惑了，這地方他分明來過，只是無論如何想不起來。他轉向穆辛，見他手裡憑空多了一件雪白的物事，凝神一看，是那疊樂譜，他遞給古廖夫：「你好好看看它，就會想通一切的。」

古廖夫翻看起來。看了一會，右額的神經又開始抽搐，他定定神，忽然發現紙張越來越淡，漸趨透明，那些音符全無所憑依地浮在空中，頃刻間，音符也消失了。他的雙手虛托著，茫然瞪視著前方。

「你明白了嗎？」穆辛說，「根本就沒有譜紙，那些曲子是印在你心裡的——

它們全是你寫的啊，謝廖沙。」

古廖夫又聽到腦中的響聲。這次是冰川崩裂般的轟然。他捂住兩側太陽穴，低下頭去，幾乎透不過氣來，過了很久，能說話了，才問道：

「這麼說，你不是米佳的亡靈。你也是我的幻覺？」

完全黑下來的天空中，忽然飄來一陣琉璃般的清響。那是鶴群的鳴叫。它們的身影雪片似的從荒野上空翩然而過。穆辛沉默地凝望著，直到鶴群徹底消失在黑暗中。

「是這樣，謝廖沙，」他說，「或者說，我就是你，我們是同一個主題的不同變奏。」

古廖夫腦中的轟鳴漸漸止歇。忽而嘩的一響，如同一張對折的地圖被倏然展開，他望見了記憶的另一半疆域。

早在少年時代，古廖夫就夢想成為作曲家。當他第一次聽到自己譜的曲子，從單簧管中生澀地冒出時，這念頭就形成並旋動起來，星雲一般在他體內擴張。更早一些，學音樂之前，他一度以為樂曲和山巒、甲蟲、雲彩一樣，是自然界中固有的事物，從沒想到竟能由自己創造。那體驗或許只有造物能比擬。樂思在腦中流轉的時刻，他切實地感到自己的存在，在茫茫宇宙中，一個微小而確鑿的點，釋放著光焰。中學期間他就寫了相當多的習作。考進彼得格勒音樂學院，在他是意料中事，好處是眼界得以開闊，缺憾是遠離故鄉，只能在夢中和曲中摩挲那些林梢和山脊。

此後多年，無論境況如何，他從未停止過作曲。那次負傷引發的強烈通感，並未令他的才思減退，相反更加沛然；只是神經時常過度疲勞，因為要應付那些紛紛擾擾的幻象。目睹了導師的遭遇後，他明白時局險惡，紙上的一切都能構成證據，從此只敢在心裡譜曲。邊構思邊記憶的習慣，意外地令他的曲風更加洗練。進入審查辦公室後，生計有了保障，水準也在摸索中穩步提高，可新的困擾接踵而至：他每天在那些蹩腳作品中周旋，忍受著它們帶來的乏味而合規的幻象，還得硬著頭皮讓它們過審，去蹂躪更多的耳朵，他想聽到自己作品上演的渴望越發熾熱。工作的第五年，古廖夫終於冒險做了一次試探，向聖所投寄了自己的作品。署名時，他遲疑許久，簽下了童年夥伴德米特里·德米特里耶維奇·穆辛的名字，因為他已經亡故，萬一要追究作者責任，也無從追究起；同時也是為了紀念這早逝的天才。幾名審查員的描述報告很快遞交到他手上，結論全是有害的，他感到意料中的失望和釋然。後來他開始頻繁地投寄作品。他把這事當成創作後的儀式，定期的排解，一種絕望的遊戲，像往深淵中拋擲著珠寶。有幾次，譜子竟然通過了他手下的幾輪審查，放到了他的桌上，他驚喜，隨後憂懼，擔心真的上演會招致不測之禍。他把手下喊來批評了幾句，自己斃掉了稿件。

更大的困擾是，作為一個敏銳的創作者，他在審查那些粗糙作品時受到的折磨是加倍的，他的神經已十分衰弱；另一方面，在日復一日的審查中練就的警惕目光，開始在創作時轉而注視著自己，常常令他手足無措，驚散了正在凝聚中的音符。不能再這樣下去了，他暗想，終於構想出一個方案：他強行控制自己，在作曲時絕不動用審查員的思維；在審查時刻意拋開創作者的品味。他還制定了詳細的懲罰措施，嚴格約束自己。經過幾年的苦心孤詣，他做到了讓兩者之間涇渭分明，同時又能切換自如。在審查時，在生活中，他是古廖夫，謹小慎微的古廖夫；在心中作曲時，他叫穆辛，他想像中的穆辛，他的面容也有了穆辛的天真和執拗。這方案還有一個好處，就是他可以完全從讀者的視角來觀望自己的作品，摒除了作者難以擺脫的自我陶醉。在四十歲那年，古廖夫終於確認了自己的作品是非同尋常的，是寶貴的，是不可替代的——雖然這時他已經認不出這匿名作品出自何人之手了。這樣的狀態維持了十多年，直到他的神經系統徹底崩潰。他匍匐在桌子下，歇斯底里地叫喊起來。在醫院中，他以古廖夫的身分和記憶醒來。

古廖夫看著穆辛（我們姑且還叫他穆辛吧）的臉龐，認出了和自己的相似之處，他臉上呈現的是另一種衰老的方式。古廖夫漸漸平靜下來，回憶來龍去脈，追溯到那個危險的雨夜，他無意中吹出了一段過去所寫的旋律，這才喚醒了作為穆辛的自己。月亮已移到中天了，在池心冷冷地搖爍。池面上流動著淡藍的霧靄，四下淒冷起來，除了葉叢裡的風聲，別無聲息。古廖夫想起了這是過去自己常來的地方。他喜歡把這小水池想像成伊寧深水潭，把身後的灌木當作故鄉的密林，坐在其間，他覺得心神安定，思慮也澄澈極了。時常在下班後，他就迫不及待地步入荒野，來到這裡，端坐在池邊石上，漸漸由古廖夫變成穆辛，然後便開始在虛空中捕捉旋律，從風露裡，從草木的香氣，從池水的漣漪，從群星深處採擷著無盡的音符……穆辛把手放在古廖夫的肩上，打斷了他的沉思：

「讓我們來準備演奏會吧。」他朗聲說。

古廖夫不解地看著他。穆辛說，我們的演奏會不是真實的，但比真實的更好。我們在幻想中演奏。不是內心聽覺那種淡薄的幻想，而是盛大的，嚴密的，不易飄逝的幻想。我來想像出每一位演奏家，想像出他們各自的風格——當年他們的技藝是怎樣地令我迷醉，那印象永不會磨滅。你幫忙想像出樂器就行。說著，他站起身，閉上眼，雙手攤開著，過了片刻，手掌間出現了一團霧氣，他拉伸著，揉搓著那團霧，漸漸擺弄成一個人的大小，各部分都有了顏色，身體是黑的，面部是白的。再過一會，就成了一個穿著黑色燕尾服的男子，只是五官不太清晰，像籠著薄霧。穆辛說，我想像不出他們老了的樣子，就讓臉模糊著吧。這位是大提琴家。他又依次弄出中提琴家、第一和第二小提琴家。古廖夫連忙著手想像出樂器：斯式琴，瓜式琴，音色，尺寸，顏色……樂器不難，很快也出來了，飄到了每一位的手中。穆辛拿著的單簧管和古廖夫房中那支完全一樣。他示意古廖夫坐好，看了一圈其他的演奏者，點點頭，在記憶中翻開了譜本。演奏開始了。

先是安靜了一會（安靜也是樂曲的一部分），隨後小提琴輕柔地奏出第一樂章的引子。緩慢，幾乎凝滯，曖昧的引子。古廖夫眼前流淌開一層青碧，中提琴又往深處添加了一抹暗棕，溫柔地搖盪著……啊，是伊寧深水潭，他和樂隊已來到了潭邊。周圍的灌木瞬間伸拔成蒼翠的大樹，清蔭覆著水面，古廖夫又聞到了濃鬱的針葉氣味……忽然間，樂隊停下了演奏，都驚恐地看著古廖夫身後。古廖夫覺得背脊發涼，回頭看去，見到一株橡樹後站著一個男人，露出半張臉，正冷眼望著他們。那人留著八字鬍，身穿灰色的弗倫奇式軍上衣，挺著肚腩，腳蹬長靴。穆辛對古廖夫叫道：「是你的幻覺。你別去想他，他就不存在了。」可那男人依然在，且緩緩走近，他不說話，只是面無表情地審視著所有人。古廖夫抱著腦袋，喊了一聲。那男人，樹林，潭水，樂隊，全都消散了。他睜開眼，見到穆辛跌坐在小池塘邊。

「發生了什麼？」古廖夫問，「那個人是？」

「是你的恐懼，」穆辛虛弱地說，他的身體也變淡了，「是你的恐懼引發的幻影。你只要稍一擔憂，想到我們的演奏是非法的，是危險的，會被人發現的，他就出現了；你想得越多，他就越清晰。剛才我瞧出來，他的臉好像是史達林和日丹諾夫的混合物。」

「我也不想這樣，」古廖夫低下頭去，「明知我們是在幻想中演奏，可我還是管不住潛意識裡的害怕……我甚至擔心過他們會不會有什麼儀器，能監聽我們腦子裡的聲音……」

古廖夫一生積攢下的挫敗感，在這一刻突然洶湧而至。他想起年輕時，有那麼幾年，毫不懷疑自己是個天才，他忘情地寫著，稚拙的作品曾備受師友的誇讚；他沉醉在自己手造的光芒裡，對未來滿懷熱望，相信自己能成為任何想成為的人物……他想起一個醉醺醺的夜晚，他坐在音樂學院的廣場上，旁若無人地指揮著月光下飛馳的雲影，澄鮮的樂句像從天外直灌入他的靈魂，他在黑暗中放聲大笑……可到頭來他又做成了什麼呢？如今他跌坐在歲月的盡頭，沮喪地認識到，這一生非但不是幸福的，甚至也不配稱為不幸，因為整個的一生都用在了戰戰兢兢地回避著不幸，沒有一天不是在提防，在憂慮，在克制，在沉默中慶幸，屈從於恐懼，隱藏著厭惡，躲進毫無意義的勞累中，期盼著不可言說的一切會過去，然後在忍受中習慣……

古廖夫再也繃不住了。他捂著臉，在荒野中嚎啕起來。

七、地下室的骨碟

睜開眼時，古廖夫見到一隻嗅鹽瓶正從面前移開。氨氣的味道像鋼刷似的搓著他的意識。他發現自己躺在一間陌生客廳的沙發椅上。花萼形的燈盞投下一圈淡黃的光。昏暗中，傢俱大都披著白色防塵罩，像一些棱角分明的雪山。幾張年輕的臉孔正關切地瞧著他，其中有他的鄰居瓦爾金。

半小時前，在那水池邊，他搖著古廖夫的肩膀，試圖把他從譫妄中喚醒，但沒有用，老人只是狂亂地哭叫著，不停地胡言亂語。瓦爾金是醫學院二年級的學生，但平日沉迷爵士樂，荒廢了學業，一時不知所措。他只好攙扶起古廖夫，繞出灌木叢，向路盡頭那所別墅走去。

庫茲明聽到瓦爾金喊出謝爾蓋・謝爾蓋耶維奇時，完全沒料到會是古廖夫；當他望見古廖夫憔悴的面容出現在瓦爾金身邊時，心頭亂跳起來，相信自己的預感就要被證實。他盯著兩個身影在月光下歪歪斜斜地走著，進了別墅的院子，響起了敲門聲，隨後是幾聲驚呼和低語，門砰的一聲關上了。他輕步上前，伏在鐵柵欄外的草叢裡，探聽著房中的動靜。

「您還好嗎老大爺？」瓦爾金問，「您怎麼會獨自坐在野地裡，需要我們送你去醫院嗎？」

古廖夫環顧四周，穆辛已經不見了。他愣了一會，解釋說自己的神經出了毛病，休息一會就沒事了。

其中一個高大的青年俯下身來，握著他的手說：「伊萬（瓦爾金的名字）都告訴我們了，前些天是您救了他，也就是救了我們。我們都很感激您。」

「這是什麼話，」瓦爾金說，「我被抓了也不會出賣你們的。」

一個姑娘用一塊冰涼的毛巾擦著他額上的汗。古廖夫覺得好些了，坐起來，問這是哪兒。「離你昏厥的地方不遠的一間房子，」瓦爾金說，他指著那高大的青年，「是彼得家的別墅。」

彼得說：「聽說您的單簧管吹得棒極了。我們也是玩音樂的，今晚正要排演呢。您待會要是覺得好些了，可以下來聽聽。」

「別聽他的，」那姑娘說，「您需要休息。」

過了一會，他們都散去了，只留下那姑娘照看他。古廖夫見她頻頻往樓梯那邊張望，就說：「你也去吧。我沒事了。如果不介意的話，你扶我一道過去吧，我也想見識一下。」

他們走近樓梯後的牆角，見到地上蓋著塊厚木板，是地下室的門。一縷歌聲從縫隙中飄出，是妖冶的紫紅色，絲綢的質感。姑娘喊了一聲，木板被掀開了，瓦爾金和另一個青年忙爬上來，攙著老人下去。一盞雪亮的大燈，照得地下室有幾分森冷，年輕人的臉上都帶著愉快的微笑。古廖夫見到一旁放著幾樣樂器：鋼琴，薩克斯管，架子鼓。當中是幾台怪異的機器。一張黑膠唱片旋動著，發出一個外國男人的哼唱，唱機通過幾道細長的帶子和另一台機器相連，一張黑色薄片在一根鋼針下吱吱轉著，被劃出一圈圈密紋，針尖邊上湧出一些鋸屑似的東西。他憑著鐘錶維修的經驗勉強看出這玩意的運作機理，似乎是在燒錄唱片。那黑色薄片上印著一隻蒼白細弱的手掌，他仔細一看，是手掌的骨骼。

「這是在幹什麼？」他問。

「在錄歌呢，一種叫搖滾的音樂。」彼得說。他坐在一旁的架子鼓前，陶醉地揚著手裡的鼓槌，像個指揮家；瓦爾金抱著金燦燦的薩克斯管——他擔心拿著它走出公寓會被人瞧見，昨天夜裡，他的同伴爬上公寓的天台，垂下一根繩索到瓦爾金窗前，把那只裝著薩克斯管的木箱吊上去，沿著天台一直走到街尾那棟樓的房頂，再慢慢搬下樓，趁夜色把它轉移到了這裡；一個俊美的小夥子舉起了小號。這時歌聲將盡，他們開始演奏起來。

古廖夫暗暗忍受著一陣怪異的幻象：蘑菇雲，鴿子，穿著宇航服的恐龍，古堡的幽靈……他立馬意識到這是違禁的音樂，警惕起來，擺脫了幻象。他想打斷演奏，提醒他們這樣的音樂是危險的。然而在銀白的燈光下，他看見一張張快活、驕傲、沒有絲毫恐懼的面容，他們的神情裡浮動著一種耀眼的幸福。他無論如何也說不出口，感到羞愧在體內噬咬著、燒灼著他的一部分。古廖夫扶著鋼琴，癱坐在琴凳上。

樂曲結束了。他們鼓掌、尖叫了一陣。瓦爾金像醉意還沒消似的，喊道：「謝爾蓋．謝爾蓋耶維奇，您會鋼琴嗎？您那晚吹的旋律在我腦子裡繞了好幾天了，是什麼曲子，您能彈出來讓我們聽聽嗎？」

古廖夫沉默著。好半天，他下定決心，說：「是我寫的一首前奏曲。」大夥歡呼起來，起哄讓他彈一遍。

「我已經不能演奏了。」他憐惜地摸摸琴鍵，搖搖頭，指著太陽穴說：「我的神經受不了。但是我可以寫給你，如果有譜紙的話。」

多少年了，他沒有見過自己的樂曲落在紙上。筆尖顫巍巍地勾出黑色的譜號時，他突然懷疑起自己的作品也都是幻覺。沒有比那更可怕的事了。但隨後，一串串奔流而出的音符打消了顧慮。寫成了，他吹了吹紙面，遞給瓦爾金。那個姑娘湊過頭去看了一會，叫起來：「啊，多美啊。我能試著彈彈看嗎？」

古廖夫把琴凳讓給她。當她纖細的手指觸碰到琴鍵時，古廖夫幾乎站不住了。那是一首他珍愛的小作品，音符以神祕的內在秩序流動著，不附著任何意象，簡單而清新，純淨得近乎透明。那姑娘的技術很好，處理得細膩，幾乎沒出什麼差錯。樂曲在一片微茫中杳然而盡。地下室半晌沒一點聲音，隨後是震耳、持久的掌聲。古廖夫閉著眼，忍住淚水，忽然感到一隻手按在他肩上，他回過頭去，是穆辛。他又在樂聲中出現了。穆辛輕聲說：「走吧，我們再去試一次。」

青年們都沉浸在剛才的演奏中，誰都沒注意到地下室上方，那扇通往花園小徑的百葉窗後的眼睛。庫茲明在那裡趴了很久，看到了一切。他從沒遇上過這樣的情況，不免有些慌亂。他摸向腰間，槍身的冰涼讓他稍微鎮靜了些。回去搬援兵是趕不及的，他打定了注意，正要隻身闖進去，見到古廖夫已上到了一層，低聲說著什麼，似乎在道別，其他人追上來，話音很響，堅持要送他回去。古廖夫推辭著，說已經沒事了，想到野外透透氣。最後他終於一個人出了門，從庫茲明躲藏的草叢前走過，喃喃自語著，踱出了院子。庫茲明瞄了一眼手錶，這時是夜裡十點鐘。他心裡權衡了一下，逮住這夥青年顯然更重要，有了口供那老人也跑不了。他現在多半是回去睡覺，如果這邊順利的話，後半夜就能上門拘捕他。他聽見瓦爾金和幾個人還站在房門口說著話，便掏出手槍，沿著牆根的陰影，輕步奔了過去。

八、烏有

古廖夫和穆辛在荒野中漫步走著。

「你瞧，」穆辛說，「他們都被打動了。我們的作品的確是了不起的。而且，比那首前奏曲更好的還有許多呢。」

古廖夫不禁微笑起來。穆辛接著說：「不過，我最喜歡的還是那首op.116，沒有比它更令我心滿意足的了。無論如何，我還想再試著演奏一次。」

「可是我……」

「我剛才想出了一個法子，就在你聽他們演奏的時候，」穆辛停下腳步，轉向古廖夫說，「既然你沒法免除恐懼，我們就甩脫它，在旋律中逃遁。我們可以用音樂引發的幻覺，來抵禦恐懼引發的幻覺——你還記得那首五重奏的內部是什麼樣的嗎？」

古廖夫想了一下，把四個樂章在心裡過了一遍，點點頭，明白了他的意思。

兩人不知不覺走出了野地，又回到西郊荒涼的街道上。街邊坐著一個醉漢，見古廖夫自言自語地走過，覺得奇怪，嬉笑起來。這兒離公寓不遠，他們索性回了家，鎖上門。穆辛把桌上的鐘錶一只只拿起來，都弄停了，塞進抽屜裡。純然的寂靜——原先是有著細密紋路的寂靜——重新填滿了整個房間。他們坐好，閉上眼，開始想像。那些鐘錶停在十點五十分。

半小時前，庫茲明掛上電話，搬了把椅子，放在地下室的入口前。他坐好，攥著槍的手放在膝頭，聽著門板下的響動。緊張稍平復後，油然而生的是得意。那感覺就像用鋼筆在幾隻螞蟻的周圍畫了個圈，俯瞰著牠們的忙亂和絕望。他第一次體會到抓捕的樂趣，與揣摩文件的樂趣相比，更粗礪，也更立體。他回味了一遍剛才電話中的誇獎，然後提醒自己沉住氣，援兵還得有一會才抵達。別大意。

就在瓦爾金等人將古廖夫送出門不久，正倚在門廊上討論著方才的音樂時，庫茲明突然從花園的暗處閃出身來，舉著槍，說明了自己的身分，擺擺槍口，示意他們進屋。眾人愣了半天，徒勞地辯解著，終於都被他驅趕進屋子。庫茲明問明電話的位置後，命令他們逐一走進地下室。他心裡真害怕這些人一擁而上。他的射擊成績很差，且不擅搏鬥。他小心地監視著，擔心他們突然襲擊，或抄起什麼東西砸過來，直到他們全都舉著手，雙腳發顫地鑽進地下室。他立馬撲過去，用腳尖踢倒了門板，身子壓上，慌忙地拉上了鐵栓。起來打電話給警局時，腳尖還在隱隱作痛。

他在心裡愉快地咒罵著。

第一樂章的引子，再度將古廖夫和重新想像出的樂隊帶回到伊寧深水潭邊。森林在單簧管溫厚的吹奏中重新長成了。古廖夫在旋律間感受到了潭水的冷冽，他潛了下去，在青綠和深棕之間，凝著一團純黑，是那個傳說中通往冥河的洞口。那裡並不可怖，反而有種神祕的寧靜，引人著迷。樂聲從洞口傳出，樂隊已暗中挪移到了洞中。他正要往裡潛游，忽然瞥見一旁的潭底有個人影。那個留八字鬍，穿灰軍服的男人又出現了。他站在水中，一動不動地盯著古廖夫，露出了冷笑。古廖夫強壓著心中的驚懼，向洞穴游去。那男人緊跟上來，伸手抓他的腳踝，古廖夫掙脫了，縱身扎進了洞穴的黑暗中。大提琴聲奏出一縷不安的暗色調旋律，古廖夫攀住那縷旋律如緊握一根繩索，被扯進了洞穴深處。

引子已結束，他探出水面，站起身來，來到了一條狹窄的甬道中。往前走去，甬道盡頭是一間略為寬敞的圓形石室。四壁的石料是深藍的，散發著淡淡的藍光，摸上去潮濕而冰涼。樂隊已經列坐在石室中了。古廖夫覺察到地面微微起伏，似乎在船艙中。他忽然想起了第一樂章的小標題，叫「鯨廳」。那是他曾經幻想過的場景：音樂廳藏在一隻藍鯨的體內，樂隊在海底演奏，樂聲融入海水，誰也發現不了。這時他聽見一陣嗚嗚聲，自石室外傳來。那聲調低沉、幽邃，像是外部的黑暗自身發出的鳴嘯。古廖夫知道這是鯨魚臨睡前唱的歌謠，這會兒牠就要入睡了，沉入海的更深處。第一樂章將在牠的夢中奏響。

這是一個幻想曲式的柔板樂章。單簧管徐徐奏出一個寬廣而沉靜的主題，大提琴在周邊烘托出幽暗的氛圍，洋流般深厚地裹著它；小提琴的裝飾音在暗中搖顫著輕盈的光澤，忽遠忽近，追隨著單簧管，如同環繞著藍鯨的魚群……樂聲浸沒了石室，四壁的藍光隨曲調變化著濃淡，盈盈動盪著，如同從海底望見的天光。藍色柔光中，眾人的面容都顯得異常的祥和，又有些迷幻。主題再現時，比最初多了幾分清冷。然後是極其靜謐的尾聲。

穆辛放下單簧管，心滿意足地睜開眼來。古廖夫向他笑了一下，笑容卻停滯在完全展開之前。他們不約而同望向上方的石板，那裡漸漸變得透明，像開了一道天窗，顯露出外面黑沉沉的海水。他們望見遠處的黑暗中有一點紅光閃動著，愈移愈近，逐漸看清那是一艘血紅色的潛艇，直奔他們而來。古廖夫與其說是望到，不如說是感覺到了舷窗中那個男人的身影。他的臉貼在玻璃上，五官因變形而顯得恐怖，目光穿過鯨魚直視著他們。

「還是來了，」古廖夫顫聲說，「他追蹤到我們了。」

「哪怕躲在海底，」穆辛說，「你還是擺脫不了恐懼。沒關係的，我們轉移就是。」他手一揮，樂隊和樂器都化成煙霧，收進他的掌心裡。他們沿著甬道奔回。古廖夫問穆辛那鯨魚會怎樣，穆辛說：「你不去想牠，牠就沒事。」

甬道側面出現了一條方才沒有的岔路，是向下的坡道，他們跳進去。這是一條嫩綠的管道，似乎是木質的，打磨得光滑極了，他們在其中下滑了一會，通道又向上抬起，他們越滑越慢，停下時恰好到達出口。

出口處強光耀眼。古廖夫爬起來，發現這是一個殿堂般的空間，富麗堂皇之極，地面、牆壁和高聳的拱頂都是明豔的薔薇色，當中升起一根金黃的柱子，托著一個金光燦燦的圓形平台，像是供他們演奏的地方。這兒叫蕊珠宮，穆辛說，位於一個花苞的內部，生長在烏克蘭大草原的深處，四周有茂草遮蔽。我們現在像遊塵一樣小，就要在那花蕊上演奏第二樂章。樂曲的聲音就算飄到花苞外，也比蝴蝶的呵欠聲還細微，再敏銳的耳朵也找不到我們，所以無需憂慮……開始吧。他們的身體飄升起來，上到那根金色花蕊上。穆辛攤開手，像召喚燈神似的把樂隊從虛空中搬移出來。一切就位了。

第二樂章是快板，小步舞曲。兩把小提琴忙忙地織出典雅而歡欣的旋律，琴弦上像散發出馥鬱的香氣；中提琴聲蜿蜒著，像晨霧中的河流一樣朦朧而鮮活；單簧管中升起了朝霞般的樂句，古廖夫看到桃紅色的光輝像瀑流似的從花苞的頂端傾瀉而下……

正當古廖夫癡迷地坐在他的小屋裡狂想著第二樂章時，瓦爾金一夥人已被庫茲明的同事們押回了警局。證物也用車運回去了：薩克斯管、架子鼓、幾大箱的骨碟和還來不及裁剪的X光片、用來燒錄它們的機器。審訊在半夜一點開始，幾乎是立馬招了供。他們中領頭的青年叫彼得·亞曆克塞維奇·阿若京，庫茲明認得這姓氏。彼得的父親是莫斯科有名的工程師，假期才回列寧格勒的別墅居住，平日那兒都空置著，就成了青年們祕密聚會的場所。賣骨碟所得的錢被他們揮霍了大半，所剩不多。警員向他們問起古廖夫，他們都說他和這事無關；直到庫茲明拿出那張譜紙，挨個逼問，最後是那個吹小號的青年招認了，供出這是古廖夫寫給他們的。

「向非法燒錄和演奏的青年團體提供未經審批的樂譜。」書記員在一旁寫道。

花苞在第二樂章結束時緩緩綻開了。周圍的草葉如龐大的山嶺遮蔽著日光，只露出星星點點的藍空。經過兩個樂章的浸潤和洗濯，古廖夫覺得身體越來越輕，腳尖幾乎沾不著地；胸腔卻沉甸甸的，血脈中有什麼在鼓漲著，似乎要噴薄而出。他無意中抬頭，猛然見到草莖間一隻巨眼正盯著他，灰色虹膜上的紋理像荒原上的溝壑。那眼球迅速升高了，然後一片龐大的黑影垂臨在他們上空，且越來越大：是那男人的靴底。這一回他鎮定了些，看向穆辛，他已把樂隊收好了。他們連忙沿原路撤離。飄行了一段，嫩綠的莖管變成了粗糙的岩壁，像是進了一條地底洞穴。飄出洞口，是一個不大的山谷。他們在谷底緩緩落定。山谷周圍是銀灰色的山巒，呈一環狀，像古羅馬角鬥場的遺跡。荒涼極了，暗沉沉的大地上寸草不生。上方是夜空。古廖夫從未經受過這樣深濃的黑暗和了無遮攔的星光，一時有些眩暈。天地之間，沒有絲毫的聲息，充盈著極度的寂靜。

「月球的背面，一座未命名的環形山。」穆辛說，「一團音樂廳那麼大的空氣包裹著我們，此外全是真空。宇宙是最廣闊的隔音壁。」他把單簧管舉到唇邊，身後的四把琴弓都搭上了弦。古廖夫凝神傾聽。演奏開始。

第三樂章是廣板，三部曲式，帶有聖詠風格。單簧管緩緩奏出一段靜穆的和絃，反覆幾次，節制而宏大，同弦樂組的弱奏相交融，在星空下勾畫出一種深淵般的寥廓、一種以世紀丈量的孤寂。中部漸轉悲憫，單簧管傾吐著輓歌式的旋律，從管中飄出清瑩的光點，一粒，又一粒，飛過古廖夫的頭頂，飄轉一下，融解進黑暗中。那是記憶中的一個個名字：消失的，被抹去的，被禁止唸出的名字……在撫慰一切痛楚的尾聲中，古廖夫覺得自己也要飄舉而去了，他嘗味到黑暗的醇美……一顆閃著金屬光芒的大星，倏然平移過來，劃出一道鋒利的直線，停在樂隊上空。兩點紅光交替閃爍著，像一對多疑的眼。是衛星。古廖夫知道是誰正操控著它。

他們又一次遁入洞穴，向著最後一個樂章的演奏場所奔去。

這時是夜裡兩點鐘。一道指令在列寧格勒市民警局發布了。庫茲明奉命領著幾個人，連夜對鐘錶匠謝爾蓋·謝爾蓋耶維奇·古廖夫展開抓捕。庫茲明吸取了上次的教訓，讓汽車停在離十九號公寓樓半條街外的暗巷裡，他們步行前往，悄沒聲息地上了樓道。其餘幾個警員原是庫茲明的平級，對行動由他率領感到不快，而且要抓捕的不過是個老頭，提不起勁，在後頭磨蹭著，任由庫茲明一馬當先地摸上樓去。

古廖夫站在一片雪地中。他打量四周，見到幾株冷杉，葉叢的上層蒙著糖霜似的白雪，下邊露出暗綠的邊緣，被雪映得近似於黑。幾支木棍搭起的籬笆。一個胖乎乎的雪人。遠處是一座小木屋，屋頂覆著厚雪，顯得圓潤可愛，窗口透出黃光。古廖夫覺得景物似曾相識，正要問穆辛，見樂隊已在冷杉樹下坐好，準備就緒了。燕尾服的黑，提琴的棕紅，枝葉的暗綠，在雪地中格外醒目。古廖夫確信這一幕曾在夢中見過。

第四樂章是行板，變奏曲式，大提琴悠然奏出搖籃曲風格的主題，單簧管隨之縈回；兩把小提琴的音色使得木屋窗口的燈光更明亮了些，黃澄澄地印在雪地上。變奏開始時，下雪了。雪點疏密不定，隨著樂聲飄轉，緩緩降下，滑過樹梢，消失在古廖夫的白髮中。剎那間，他記起了什麼，伸手去接空中的雪粒。飽滿，潔白，可一點也不冷。他猛地明白了，這不是真的雪地，他們正置身於一隻雪花玻璃球裡。那是七歲時父親從基輔給古廖夫帶回的禮物，是他童年最鍾愛的玩具（後來不知怎麼的遺失了，他大哭了一場）。每晚睡前，他都要看上一會，搖晃一下，總也不膩。搖晃時揚起的雪粒飄進他的夢中。他記不清自己曾往那木屋的窗戶和煙囱上塗抹了多少幻想，他多渴望有這麼一座小木屋，放在森林邊緣，放在靜悄悄的雪地上，他和小動物們一起堆著雪人，雪下起來了，他聽到屋中的父母喚他回去。那是他所有夢境中最安詳、最甜美的一個。樂聲中，古廖夫望向落雪的夜空，紛繁的雪屑之間，夜幕深處，隱約浮現出一張孩子的面龐，有著銀河一般淡淡的輪廓，正出神地凝望著冷杉樹下的樂隊。古廖夫認出那是兒時的自己。

夜空突然震盪了一下。樹冠上的積雪簌簌掉下來。穆辛睜開了眼，但沒有停止吹奏。又一下。孩童的幻影消失了，天幕又恢復了漆黑，且漆黑上爬生出一道道銀線，根鬚一樣，蔓延開來。

庫茲明走進五樓的走廊時，想起瓦爾金的房間待會也要搜一下，沒準還有罪證。他望見古廖夫的房門下透出一線光，心頭一寬，隨即又覺奇怪，這老人深夜竟還沒睡下。他走到門邊，毫無必要地先聽聽裡邊的動靜。在裡頭。他聽見有人正輕聲哼著什麼，於是拍起門來。

震盪一下接一下傳來。天幕上的銀線已密如蛛網。玻璃球要碎裂了，古廖夫惶恐地想，見穆辛仍不動聲色地吹奏著，平靜地看著自己，於是強自鎮定，接納著音樂。震盪漸漸停止了。樂章已近尾聲，一個晦暗的變奏中，雪落得極慢極慢，冷杉的枝梢似乎凝結在空氣中，沒一絲搖顫。木屋的燈光熄滅了。一片沉寂。穆辛身旁的樂手們都已消散，他也變得近乎透明，向古廖夫飄去，與他合而為一了。古廖夫持著單簧管，獨自站在雪地中，吹出了最後的旋律。

公寓的小床上，古廖夫的身體蜷曲著。他感到靈魂中激起一圈圈波紋，應和著樂聲，旋動成渦流，不知要往哪傾瀉；每個細胞都盛滿了虛幻的音樂，體內彷彿有眾鳥啁鳴，紛紛鼓動著光的羽翼，像要四散飛去了……

庫茲明讓到一旁。一名粗壯的警員倒退兩步，撞開了門。

九、疑團

一九五七年十一月八日夜，庫茲明獨坐在檔案室裡，看著剛剛歸檔的一份報告。裡邊詳細記錄了兩天前搗毀骨碟窩點的過程和嫌犯口供。逃犯謝爾蓋·謝爾蓋耶維奇·古廖夫的照片和外貌描述已發送到各分局，要求進行協同搜捕。初步推測，他逃竄回故鄉狄康卡的可能性較大。至於他是如何得到消息，提前出逃，庫茲明仍一頭霧水。從他公寓的情形來看，應該是當晚臨時起意逃跑的，因為房中的衣物、財物都沒有帶走，燈也沒關上——後一點也可能是故布疑陣。

有一件小事庫茲明沒寫進報告中。他默默地在心裡給它歸了檔，擱在「幻覺」的一欄裡，可總覺得難以確定。他把報告合上，最後想了一遍，決定就此忘掉。

當他們衝進空無一人的房間，其他警員撓著頭咒罵時，庫茲明環顧屋內，注意到那張小床前，地板上方幾俄寸的地方，懸浮著許多小黑點，曳著細尾，蝌蚪似的，在空中游轉；他以為自己眼花，走上前去，凝目再看時，那些黑點已經像盤旋的蚊群、浮蕩的粉塵，愈來愈細，且被他帶動的氣流一激，向窗外飄去，消融在深秋的夜裡了。

二〇一九年七月十六—二十三日

國家圖書館出版品預行編目資料

夜晚的潛水艇/陳春成著. -- 初版. -- 臺北市：麥田出版：英屬蓋曼群島商家庭傳媒股份有限公司城邦分公司發行, 2021.10
面： 公分. -- (當代小說家；33)

ISBN 978-626-310-102-9（平裝）

857.63　　110015466

當代小説家 33

夜晚的潛水艇

作　　者　陳春成
主　　編　王德威
責任編輯　林秀梅　莊文松

版　　權　吳玲緯　楊　靜
行　　銷　闕志勳　吳宇軒　余一霞
業　　務　李再星　李振東　陳美燕
副總編輯　林秀梅
編輯總監　劉麗真
事業群總經理　謝至平
發 行 人　何飛鵬
出　　版　麥田出版
台北市南港區昆陽街16號4樓
電話：886-2-25000888　傳真：886-2-25001951
發　　行　英屬蓋曼群島商家庭傳媒股份有限公司城邦分公司
台北市南港區昆陽街16號8樓
客服專線：02-25007718；25007719
24小時傳真專線：02-25001990；25001991
服務時間：週一至週五上午09:30-12:00；下午13:30-17:00
劃撥帳號：19863813　戶名：書虫股份有限公司
讀者服務信箱：service@readingclub.com.tw
城邦網址：http://www.cite.com.tw
麥田部落格：http://ryefield.pixnet.net/blog
麥田出版Facebook：https://www.facebook.com/RyeField.Cite/

香港發行所　城邦（香港）出版集團有限公司
香港九龍九龍城土瓜灣道86號順聯工業大廈6樓A室
電話：852-25086231　傳真：852-25789337
電子信箱：hkcite@biznetvigator.com

馬新發行所　城邦（馬新）出版集團
Cite（M）Sdn. Bhd.（458372U）
41, Jalan Radin Anum, Bandar Baru Seri Petaling,
57000 Kuala Lumpur, Malaysia.
電話：+6(03)-90563833　傳真：+6(03)-90576622
電子信箱：services@cite.my

封面設計　Jupee
排　　版　宸遠彩藝有限公司
印　　刷　前進彩藝有限公司

初版一刷　2021年10月28日
初版二刷　2024年5月16日
Printed in Taiwan
本書如有缺頁、破損、裝訂錯誤，請寄回更換

定價／330
ISBN 9786263101029
ISBN(EISBN) 9786263101043

城邦讀書花園
www.cite.com.tw